Quédate a mi lado

Quédate a mi lado

Noelia Amarillo

TERCIOPELO

© Noelia Amarillo, 2012

Primera edición: julio de 2012

© de esta edición: Roca Editorial de Libros, S. L.
Av. Marquès de l'Argentera, 17, pral.
08003 Barcelona
info@terciopelo.net
www.terciopelo.net

Impreso por Liberdúplex, s.l.u.
Crta. BV-2249, km 7,4, Pol. Ind. Torrentfondo
Sant Llorenç d'Hortons (Barcelona)

ISBN: 978-84-15410-25-6
Depósito legal: B. 16.028-2012
Código IBIC: FRD; FP

Quiero dedicar estas páginas a todas aquellas personas que mantienen su dignidad y su afán de superación incluso en las circunstancias más adversas.

A aquellas cuyas almas se resisten a ser invisibles, a las que luchan contra viento y marea para conseguir el futuro que todo ser humano se merece.

A los olvidados, los intocables, los menospreciados.

Porque todos podemos ser «vosotros», porque todos somos vosotros.

Capítulo 1

Dicen que la primera impresión es la que cuenta…

*L*a primera vez que Nuria vio a Jared fue una tarde lluviosa de febrero. Estaba colocando madejas de lana, hilos de perlé y telas de lino y panamá en sus correspondientes estantes mientras su abuela se afanaba en limpiar el inexistente polvo de cada cuadro de punto de cruz o ganchillo que adornaba las paredes.

En el mismo instante en que la campanilla que colgaba sobre la puerta sonó avisando de la entrada del primer cliente de la tarde, ambas mujeres se dieron la vuelta y parpadearon sorprendidas.

Un hombre joven las miraba, entre avergonzado y tímido, desde el umbral de la tienda. Vestía unos pantalones tan raídos que a través de la tela se le podían ver las huesudas rodillas, una chamarra militar cuyas mangas deshilachadas apenas alcanzaban sus muñecas y, en sus pies, unas deportivas que en algún tiempo pasado fueron blancas; completaba su gastado atuendo un gorro negro plagado de agujeros que apenas cubría su cabeza.

—Buenas tardes, señoras —saludó—. ¿Necesitan que les haga algún recado? —preguntó quitándose el gorro y estrujándolo entre las manos.

Nieta y abuela se miraron aturdidas durante un segundo y luego negaron con la cabeza.

—¿Quieren que les limpie los cristales? —preguntó de nuevo el joven, sin dejar de apretar las manos sobre la lastimada prenda.

—Está lloviendo, limpiar los cristales no es muy inteligente —indicó Nuria con acritud ya que no le gustaba la pinta del tipo.

—Puedo ayudarles a colocar los paquetes más pesados si quieren —se ofreció señalando las cajas llenas de material de costura que estaban desparramadas por el suelo, a la espera de ser vaciadas y colocadas.

—No nos hace falta ayuda para nada, nos las apañamos muy bien solitas —informó arisca la joven.

—Nur, cariño, el joven nos está ofreciendo su ayuda amablemente; lo mínimo que puedes hacer es ser educada —la regañó la anciana.

Nuria bufó y se cruzó de brazos claramente irritada. Su abuela, tan excesivamente amable e ingenua, tenía por costumbre pensar que las personas eran buenas por naturaleza, y no veía ningún inconveniente en confiar en cualquier desconocido, incluso en un vagabundo como el que acababa de entrar en la tienda. Un tipo que, Nuria estaba segura, en cuanto se despistasen metería la mano en la caja registradora y les sisaría el poco dinero que habían hecho ese día... eso si no se le cruzaban los cables y las amenazaba con una navaja o algo peor, para que le dejaran robar tranquilo.

—Lo siento mucho, joven —se disculpó la abuela—; como puedes ver apenas hay nada por hacer, en estos días lluviosos muy poca gente viene a la tienda —continuó explicando Dolores ante el disgusto de su nieta, que pensaba (con toda la razón del mundo) que cuantos menos datos tuviera el tipo, más seguras estarían—. Siento de veras no tener nada que ofrecerte.

—Puedo hacer cualquier cosa, cualquier recado. Puedo barrer, fregar, colocar... lo que sea —insistió desesperado el muchacho.

—¿Tienes hambre? —preguntó la anciana con una cariñosa sonrisa en el rostro.

Él asintió con la cabeza, mirando avergonzado las raídas puntas de sus deportivas.

—¡Abuela! —gimió Nuria, imaginando lo que vendría a continuación.

—Unos cuantos locales más allá —continuó Dolores, ignorando a su nieta y señalando con la mano hacia la izquierda— encontrarás el Soberano, es un bar pequeño en el que dan comidas. Entra y dile a Fernando, el camarero, que te ponga un menú del día, que luego voy y se lo pago.

—No me va a creer, señora —advirtió él mirando al suelo.

—Claro que sí, me llamará por teléfono para confirmarlo y luego te pondrá la comida. No te lo pienses más, vete al bar, come un poco y caliéntate.

—Señora, no se lo voy a poder pagar... —señaló él con las mejillas encarnadas.

—Seguro que sí, pásate en unos días, verás como encontramos algo que puedas hacer.

—Gracias, señora —agradeció el tipo saliendo de la tienda.

Nuria apenas pudo esperar a que la puerta se cerrara antes de increpar a su abuela.

—¡Abuela! ¡Un menú! No podías invitarle a un bocadillo, no; ¡tenía que ser un menú! ¡¿Sabes lo que cuesta un menú!? ¡Nueve euros! ¡Cómo si nos sobrase el dinero!

—Nur, ¿tienes hambre?

—Eh... no.

—Cuando tengas hambre, prueba a no comer y, cuando te duela el estómago, ven y cuéntame qué es más importante, si un poco de dinero o un estómago lleno.

—Oh, vamos, abuela, no seas tonta. ¿Sabes lo que hará? Le dirá a Fernando que le dé el dinero del menú y se lo gastará en drogas.

—No lo creo. Me ha parecido un hombre honrado.

—Abuela, a ti todos te parecen honrados —se burló la joven.

En ese momento sonó el teléfono, la anciana lo descolgó con premura y, tras contestar con un «sí» rotundo, sonrió ampliamente a su nieta.

—Era Fernando, el joven le ha pedido un menú y para beber, un refresco —apostilló satisfecha.

Y

Un par de semanas después, el mismo hombre volvió a entrar en la pequeña tienda. Nuria lo miró con mala cara, mientras su abuela Dolores le sonrió amablemente.

—Buenos días, señoras —saludó educadamente quitándose el gorro y comenzando a arrugarlo entre los dedos—. ¿Necesita que le haga algún recado? —preguntó dirigiéndose a la anciana.

—Pues sí —respondió la abuela ante la mirada estupefacta de su nieta—. Me vienes de maravilla en este instante. Tenía que haber llevado hace días esta caja a la residencia de ancianos, pero he andado liada y no me ha dado tiempo. Si no te importa...

—No, claro que no, señora. Lo que usted diga. —La sonrisa que brotó en los labios del joven iluminó por completo su semblante de rasgos afilados por la delgadez—. Será un placer, señora —reiteraba una y otra vez mientras entraba en la tienda con pasos decididos y cogía la caja—. Dígame dónde debo llevarla y ahora mismo lo hago.

Dolores sonrió feliz y le dio la dirección; el hombre se dio la vuelta, casi tropezando con sus propios pies, y partió raudo a realizar el encargo. Mientras, Nuria miró a su abuela con el ceño fruncido y los labios apretados.

—Suéltalo, dime por qué te has enfadado antes de que te salgan arrugas en la frente de tanto fruncirla —dijo Dolores divertida. Podía leer el rostro de su nieta como si fuera un libro abierto.

—¡Estás loca! Cómo se te ocurre darle nada a ese tipo —increpó—. ¡No le volveremos a ver el pelo!

—No lo creo. Llevará la caja a los ancianos y, si no lo hace, tampoco perdemos nada; solo son revistas viejas.

Media hora después el joven regresó sonriente a la tienda con una pequeña bolsa en las manos.

—Buenas tardes, señoras. En la residencia me han dado esto para ustedes —dijo tendiéndosela—. Dice la señora María que si tiene estas telas.

La anciana sacó de la bolsa un par de retales, una fotocopia de un boceto de punto de cruz y un papel con notas garabateadas.

—Por supuesto que sí. Si te esperas un minuto te lo preparo y se lo llevas —comentó sonriente.

—Por supuesto, señora —asintió el joven quitándose el raído gorro y colocándose en una esquina de la tienda para no molestar las idas y venidas de la anciana entre las estanterías.

Nuria miró a su abuela, luego desvió la vista al joven y se metió en la trastienda malhumorada. Un minuto después salió con una taza de oloroso y humeante café.

—Toma; ten cuidado, está caliente —dijo alargándosela y volviendo a su silla detrás del mostrador.

—Gracias; es usted muy amable, señorita.

—Me llamo Nuria —informó cortante.

—Gracias, Nuria; yo soy Jared. —Ella bufó al oírle decir su nombre. Ni que fueran a ser amigos… Claro que ella era la primera que se había presentado. ¿En qué demonios estaría pensando?

—Ya está todo; cuando te tomes el café, puedes llevarlo —comentó Dolores dejando un paquete en el mostrador.

—Ahora mismo, señora. —El joven se tomó el ardiente líquido de un trago, cogió el paquete y salió corriendo de la tienda.

—¿Qué juegos te traes con la gobernanta de la residencia? —preguntó Nuria irritada.

—Ninguno.

—Abuela, no soy idiota. María podía haberte llamado por teléfono para encargarte las cosas y yo podía habérselas llevado cuando hubiéramos cerrado la tienda.

—Bueno… le comenté que mandaría a un joven con las revistas y que si tenía algo que pedir se lo dijera a él…

—¡Abuela!

—Todo el mundo necesita sentirse útil —afirmó la anciana sin dar importancia al bufido de su nieta.

Nuria no era tan dura como quería hacer creer, solo era

desconfiada, y Dolores la entendía; en los tiempos que corrían era difícil fiarse de alguien, pero ella ya era vieja para andar desconfiando de la gente. Al fin y al cabo, su frase favorita era: «Si buscas el mal en el corazón de la gente, te mereces el castigo de encontrarlo»; por tanto, siempre daba por sentado que las personas eran buenas, al menos hasta que le demostraran lo contrario.

El joven regresó poco después con un sobre que se apresuró a entregar en mano a la anciana. Contenía el dinero correspondiente al pago del encargo que había llevado. A Nuria por poco se le salieron los ojos de las órbitas. Iba a matar a su abuela. Se volvió malhumorada hacia el hombre pero fue incapaz de decir nada hiriente.

Jared ya no parecía el mismo, su porte alicaído y avergonzado había cambiado. Estaba erguido, tenía la espalda muy recta, las manos relajadas a ambos lados de las caderas y mantenía la cabeza alta, mostrándose orgulloso y sin pizca de timidez. Parecía haber crecido varios centímetros ahora que no caminaba encorvado, y los rasgos de su cara, pese a ser demasiado afilados, mostraban una actitud totalmente diferente a la que tenía hacía solo dos semanas. Ya no parecía un vagabundo sino más bien un joven bastante apuesto.

—¡Perfecto! —exclamó la anciana con la alegría reflejada en el rostro—. Me has hecho un gran favor. ¿Te apetece acompañarnos al bar a comer algo? Tengo entendido que hoy van a poner un cocido para chuparse los dedos —declaró cogiendo el abrigo, el bolso y las llaves y asiéndose del brazo del hombre sin esperar su respuesta—. Vamos, Nur; no vaya a ser que nos quedemos sin mesa.

Nuria miró a su abuela petrificada, parpadeó, sacudió la cabeza y la siguió. Era imposible luchar contra un huracán…

Capítulo 2

Hay quien dice que no existen los fantasmas. Eso es falso,
convertimos en fantasmas a aquellos a los que ignoramos.
Los hacemos invisibles. Aunque no lo sean.
Aunque no se lo merezcan.

Jared caminó presuroso por la ronda de Toledo en dirección
a la glorieta de Embajadores sin dejar de mirar constantemente a ambos lados. Durante los últimos seis meses se había acostumbrado a estar siempre pendiente de todo aquello
que le rodeaba, lo había necesitado para seguir con vida. Vivir en la calle no era fácil; algunos energúmenos tenían la estúpida creencia de que era muy divertido burlarse, empujar
e incluso golpear a los sin techo. Y él era justamente eso. Un
sin techo.

Cruzó la carretera y entró en la Casa de Baños de Embajadores, se encaminó hasta el mostrador y esperó paciente su
turno. Del hombre que le precedía en la fila emanaba un insis-
tente olor a humanidad en estado puro: sudor, excrementos,
orina… Era apestoso. Jared volvió la cabeza disimuladamente
y pensó, no por primera vez desde hacía ya algún tiempo, que
él jamás se permitiría llegar hasta ese extremo. Quizá se viera
obligado a vestir harapos y dormir en cajeros automáticos o
albergues para indigentes cuando el frío apremiaba, pero jamás perdería su dignidad hasta el punto de olvidar bañarse al
menos un par de veces por semana.

Cuando llegó su turno, sacó de uno de los bolsillos del
pantalón los cincuenta céntimos que costaba ducharse y se
los entregó sin decir palabra a la mujer que estaba al cargo de

la entrada. Ella cogió el dinero y le indicó el número de la ducha que podía utilizar. No hubo más conversación entre ellos. Jared le agradeció la información con un gesto de la cabeza y se internó en los blancos, monótonos y asépticos pasillos.

La planta baja del edificio estaba destinada a las mujeres, la de arriba a los hombres. Caminó cabizbajo hacia las escaleras, sin dejar de pensar en que tras seis meses yendo cada lunes y viernes a la Casa de Baños seguía sintiéndose como un extraño. Pese a ver a la mujer del mostrador dos veces a la semana, ella no se había molestado jamás en dirigirle la palabra. No la culpaba. Imaginaba que estaría harta de que borrachos y gente con problemas de cordura la amenazaran, la insultaran, o simplemente le gritaran. En el tiempo que llevaba yendo a asearse allí había visto de todo; pero él jamás había hecho nada reprochable, y le parecía injusto que tuviera que pagar por ello. No obstante, se había acostumbrado al silencio inmisericorde que dominaba su vida.

A veces pensaba que vivir en la calle lo convertía en alguien invisible, otras veces que era poco más que un animal que se movía por instinto. Apenas recordaba lo que era hablar con alguien, mantener una conversación en que ambas personas se respetaran y se miraran como seres humanos.

Cuando recorría las calles la gente le esquivaba sin apenas mirarle; si entraba en un supermercado, siempre había un vigilante siguiéndole. Cuando paseaba por los parques, las madres alejaban a sus hijos de él, como si fuera un leproso que pudiera contagiarles alguna enfermedad innombrable. Aunque eso sería difícil ya que él se aseguraba de estar limpio y aseado en la medida de sus posibilidades. Por tanto, lo único que podía contagiar era desesperación y vergüenza. Nada más.

Le molestaba en lo más profundo que la gente se apartara de él. No pedía nada a nadie, no mendigaba ni robaba. Solo paseaba por las calles. Sí, puede que se asomara a los cubos de basura y las papeleras, pero era la única manera que había encontrado para ganarse, más o menos, la vida. Buscaba chatarra: sartenes rotas desechadas por las amas de casa, aparatos electrónicos a los que pudiera destripar y sacar los cables de cobre que luego vendería; cualquier metal que lograra conseguir suponía la diferencia entre comer o no. Y no era el único que lo hacía; últimamente mucha gente se dedicaba a lo mismo que él. En los tiempos que corrían, hasta la basura escaseaba.

Si algo tenía claro en este mundo era que no mendigaría, nunca. Su maltrecha dignidad, o lo poco que quedaba de ella, no se lo permitiría. Tampoco robaba, antes prefería cortarse las manos. Solo buscaba trabajar, nada más. No era tan complicado… o sí. Sí lo era.

La gente se alejaba de él como si fuera un apestado. Cuando entraba en las fábricas y comercios pidiendo trabajo le echaban sin permitirle apenas hablar… al menos casi siempre.

Esa semana algo había cambiado. Alguien había hablado con él y mantenido una conversación en la que no se burlaba ni le miraba con compasión.

Una anciana le había escuchado y tratado como a una persona, y su preciosa nieta le había invitado a tomar el primer café que se tomaba en mucho, mucho tiempo y luego había comido un primer plato, un segundo plato y un postre por segunda vez en ese mes. Por segunda vez en seis meses.

Entró en el cubículo estéril que era la ducha, se aseguró de cerrar la puerta con cerrojo y se quitó de la espalda la pesada mochila que contenía todas sus pertenencias. Buscó en ella el pequeño frasco que había llenado de jabón en el aseo de la cafetería en la que había comido con las dos damas. Ni siquiera podía comprar gel. Sacó la toalla raída con la que se secaría y comenzó a desnudarse.

En las duchas de la Casa de Baños no había espejos, pero aun así sabía que su cuerpo ya no tenía la misma consistencia que antaño. A veces pensaba que se estaba convirtiendo en un fantasma: intangible, invisible… insensible. Sus brazos delgados y débiles ya no podían hacer el trabajo que antes realizaban. El vientre cóncavo y las costillas marcadas eran buena muestra del tiempo que hacía que no se alimentaba bien.

Mientras esperaba a que el agua de la ducha se calentara, recordó con una sonrisa sesgada el momento, hacía ya dos semanas, en que se sentó por primera vez en la cafetería y pidió el menú al que le había invitado la dueña de la mercería. Sus ojos apenas podían mantenerse secos ante la cantidad de comida que el camarero puso ante ellos. Se lo comió todo. No dejó ni siquiera las migas. Y de la misma manera que entró en su estómago, lo abandonó apenas unos minutos después.

Sí. Poco después de salir de la cafetería, vomitó parte de la comida.

Sus intestinos, poco acostumbrados a banquetes copiosos, se habían rebelado ante la avalancha de alimentos que entró en ellos. Sintió el primer calambre en el vientre justo al salir a la calle; apenas tuvo tiempo de ocultarse entre las sombras de un callejón cuando, vencido por las potentes arcadas, vomitó.

Los dolorosos espasmos remitieron al cabo de unos minutos interminables, pero él continuó con la frente apoyada sobre los fríos ladrillos del edificio. Hirviendo de rabia y vergüenza por haber perdido lo que tanto tiempo llevaba anhelando, deseando… necesitando. Se dejó llevar por la derrota, sintió las lágrimas amargas recorrer sus pómulos afilados. Un instante después, furioso consigo mismo, sintiéndose una vez más como escoria, se limpió la boca con el dorso de la mano y escapó de la horrible escena de la que había sido protagonista.

Se perdió entre las callejuelas con el firme propósito de no regresar más a aquella tienda en la que una anciana se había compadecido de él y le había dado el mejor regalo del mundo. Comida. Un regalo que él había desperdiciado al haberlo devorado ansioso, frenético, asustado ante la idea de que el camarero cambiara de opinión y se lo llevara.

Comió como un animal. Sin paladearlo, sin masticarlo. Solo engullendo.

Pero su determinación duró apenas una semana.

Había regresado a la pequeña mercería.

Sí. El hambre hacía trizas el orgullo. Y él tenía mucha.

Volvió a la pequeña tienda, donde le recibió la mirada irritada de la mujer joven y la sonrisa de la anciana. Observó su rostro buscando signos de enfado, o lo que sería peor, compasión, pero solo encontró simpatía y alivio.

Alivio porque en esos momentos ella necesitaba a alguien y él había llegado en el momento justo.

Creyó tocar el cielo con las puntas de los dedos.

La anciana confiaba en él. Se fiaba de que llevara a cabo correctamente su encargo y no lo miraba con compasión, desidia o mal humor, sino todo lo contrario. Lo miraba sonriendo porque él la iba a sacar de un apuro. Se sintió poderoso, orgulloso y útil. Alguien lo necesitaba. Por fin.

Sacudió la cabeza para escapar de los recuerdos, la alzó hacia la alcachofa de la ducha y dejó que el agua templada se llevara las lágrimas que comenzaban a resbalar por sus mejillas a la vez que un nudo de pura emoción cerraba su estómago.

Se echó en las palmas de las manos un poco del jabón que había tomado prestado de la cafetería y a continuación lo extendió por el pelo. Masajeó casi con saña el cabello áspero y sucio, deseando poder volver a sentirlo tan limpio y suave como antaño, pero era imposible. Nunca tenía suficiente jabón, y el que tenía no solía ser de buena calidad, y mucho menos champú. Ese era un lujo que en esos momentos de escasez se tornaba totalmente innecesario.

Sin saber por qué, evocó la lisa y suave melena castaña de la joven de la tienda. No se parecía en nada a su abuela. La anciana tenía el pelo blanco y los rasgos finos y delicados, y estaba casi tan delgada como él. Su aspecto quizá diera apariencia de fragilidad, pero era una fragilidad engañosa; nada en su manera de hablar o de actuar permitía pensar que no fuera otra cosa que fuerte, decidida y amigable. La muchacha, por el contrario, tenía el pelo castaño, la cara redonda y los ojos acerados, vivaces, recelosos; aunque imaginó que la desconfianza que leía en ellos solo se daba cuando él estaba presente. Y no le extrañaba. Él tampoco confiaría en un vagabundo que irrumpiera en su tienda muerto de hambre y pidiendo trabajo.

Menos mal que la anciana sí lo había hecho.

Ojalá pudiera demostrar a la muchacha, Nur, que él no era lo que ella pensaba, que no era escoria, que podía ser útil. Sin embargo, a veces, ni él mismo se creía esa mentira.

Se aclaró la cabeza, estremecido al sentir que el agua comenzaba a salir fría, el tiempo que había pagado se le agotaba, lo había perdido en tontas ensoñaciones. Volcó el resto de jabón de nuevo sobre sus manos, las frotó hasta conseguir espuma y comenzó a asearse el cuerpo. Primero los brazos y las piernas, después el estómago, las axilas, el cuello y por último, y casi con prisa, la ingle.

Enfocó la mirada en los blancos azulejos de la pared de la ducha mientras sus dedos extendían la espuma por su bajo vientre, abarcando con cuidado los testículos y recorriendo en última instancia el pene. Se negaba a mirar su sexo flácido e inútil, casi tan innecesario como él mismo. Desde que había dejado de alimentarse a diario, su virilidad había dejado de funcionar correctamente. ¿El hambre provocaba impotencia? No lo sabía a ciencia cierta, pero desde luego él casi se había convertido en un eunuco.

Justo cuando terminaba de asearse el chorro de agua comenzó a caer gélido sobre su espalda; con un suspiro giró el mando de la ducha, cerrándolo. Sacudió la cabeza y miles de pequeñas gotitas se estrellaron contra las níveas paredes; cogió la toalla áspera y fina como el papel y procedió a secarse, o, al menos, a intentarlo. Cuando terminó su aseo, contempló asqueado la ropa que debía volver a ponerse.

¿De qué le servía robar jabón como si fuera un ladrón de poca monta? ¿Para qué se molestaba en acudir todas las semanas a las duchas públicas, si cuando acababa de lavarse no tenía otra cosa que ponerse que los harapos que llevaba puestos día tras día, noche tras noche? Ropa cada vez más andrajosa y apestosa.

Se planteó, no por primera vez, acudir a algún centro de

caridad en busca de ropa usada, pero descartó la idea en el mismo instante. No lo haría. Aún no. No mendigaría ropa usada por el mismo motivo por el que no acudiría, todavía, a los comedores para indigentes. Porque, en el momento en que lo hiciera, se dejaría abatir por la desesperanza y olvidaría toda esperanza de algo mejor. No. No recurriría al camino fácil, no se permitiría a sí mismo aceptar ropa ni comida sin dar nada a cambio. No entraría en el bucle de aceptación resignada y perezosa en que habían caído algunos de los sin techo que conocía. Él todavía mantenía la esperanza. Conseguiría salir del bache, encontraría un trabajo que le permitiera subsistir. O al menos lo intentaría.

Sacó de la mochila la ropa de que disponía en esos momentos y la observó, admitiendo para sí que vestido con esos harapos difícilmente conseguiría que nadie le tomara en serio. Seleccionó las prendas que estaban menos ajadas y no olían excesivamente mal: solo a sudor y desesperación. Se vistió presuroso y tomó nota mental de que debía volver a empezar a ahorrar parte del dinero que conseguía con la chatarra para un futuro y necesario viaje a la lavandería.

Capítulo 3

Dicen que quien tiene un amigo tiene un tesoro. Yo digo
que quien tiende la mano a un desconocido es
en sí mismo el mayor de los tesoros.

—*A*sí que tu abuela ha adoptado a un vagabundo y no
contenta con eso ha liado a mi madre para que la ayude —re-
sumió Anny.

—No es un vagabundo —replicó Nuria.

—Ah, perdona. Un mendigo, un sin techo, un…

—No es nada de eso. Solo es un tipo que ha tenido mala
suerte —afirmó Nuria.

—Joder, Nur, ¡empiezas a hablar igual que tu abuela!

—No es eso… es… no lo sé. Después de comer con él no
me pareció un… vagabundo. Es inteligente y agradable, aunque no habla mucho. Parece…

—Ya, parece triste. ¡Pobrecito! Y avergonzado ¡Qué
pena! —interrumpió su amiga—. Venga ya, Nur, ¿qué mosca
te ha picado?

Nuria suspiró y centró su mirada en la taza de humeante
café que reposaba frente a ella sobre la mesa. Estaba acompañada de Anny, su mejor amiga, y no sabía por qué motivo la
conversación se había centrado en el hombre al que su
abuela había decidido «salvar». Bueno, sí sabía el motivo. Su
querida e ingenua abuela había decidido inmiscuir en su nueva
acción a todos sus amigos, y entre ellos se encontraba Sonia, la
madre de Anny. Y su amiga no se lo había tomado excesivamente bien.

—De verdad que no entiendo a tu abuela, te lo juro. Está

como una cabra. Un día de estos alguno de sus casos perdidos le va a dar un buen susto, y cuando eso ocurra…

—Jared no.

—Oh, por supuesto. Claro que no, al fin y al cabo él es… especial —sentenció burlona.

Nuria entendía a su amiga; de hecho, casi siempre pensaba igual que ella.

Estaba harta de que su abuela se apiadara de todos y cada uno de los mendigos que acudían a la mercería pidiendo dinero. Pero Jared no era como los demás, era distinto. Especial.

La mayoría de las veces que Dolores mandaba a un mendigo a comer al Soberano, la primera intención de este era convencer al dueño del restaurante para que le cambiara la comida por dinero. Jared ni siquiera lo había intentado; según Fernando había comido en silencio y con rapidez, le había dado las gracias al terminar y se había marchado tan silencioso como había llegado.

Nuria no había esperado que regresara. Su abuela, sí. Y Jared había regresado.

Había vuelto a entrar en la tienda pidiendo trabajo, Dolores se lo había dado, y él lo había hecho con premura y buena disposición; lo cual era, para qué engañarse, sorprendente. Y después, durante la comida que compartieron, apenas había hablado, pero, cuando lo hacía, cada una de sus palabras estaba impregnada de inteligencia, aceptación, pero también de desesperación.

Al principio se removía inquieto en la silla y miraba de refilón a su alrededor, como si esperara que alguien le echara del restaurante. Cuando el camarero puso el primer plato en la mesa, agachó la cabeza, y la mantuvo así durante unos minutos interminables, sin levantar la mirada del plato, como si le avergonzara que ella y su abuela pudieran ver que sus ojos se habían llenado de lágrimas. Comió muy despacio, masticando cada bocado lentamente, como si pretendiera hacer durar la sensación o como si tuviera miedo de ir demasiado deprisa y que su estómago se rebelase.

Poco a poco, Dolores consiguió que el joven comenzara a hablar. No le preguntó cómo había llegado a encontrarse en esa situación, ni cuál era su rutina diaria, ni dónde dormía o si comía todos los días, lo cual era evidente que no. Simplemente comenzó a hablar de cosas sin importancia hasta que, en un momento dado, Jared decidió, con timidez y reparo, introducirse en la conversación. Apenas había completado un par de frases, era como si le costara hablar o como si se hubiera olvidado de cómo se construía una frase. Pero aun así, había demostrado poseer una inteligencia aguda, mucha capacidad de observación y grandes dosis de simpatía.

A Nur no le cabía duda de que, en otras circunstancias más favorables, Jared sería un hombre muy, muy distinto. Alguien seguro de sí mismo, carismático e, incluso, emprendedor.

—¡Nur! Estás en las nubes —gruñó Anny al ver en su amiga la mirada soñadora que indicaba que estaba a años luz de la conversación.

—Perdona, me he distraído.

—Ya lo veo. Mira, me tengo que ir, mi madre está a punto de abrir la tienda. Si el tipo regresa y tu abuela sigue con su plan… —La mirada que apareció en la cara de Anny le indicó a Nur qué era exactamente lo que pensaba hacer su amiga.

Una semana después del encuentro entre las amigas, Jared se presentó de nuevo en la mercería.

Era una espléndida mañana de principios de marzo; algunos árboles impacientes comenzaban a llenar de hojas sus copas; cientos de flores prematuras brotaban en los parques, inconscientes de que aún faltaban más de dos semanas para el comienzo oficial de la primavera, y los gorriones piaban con fuerza en el cielo ejecutando imposibles vuelos.

Entró en la tienda sin su gorro negro, vestido con unos vaqueros que colgaban de sus caderas y tenían los bajos raídos. Llevaba una camisa de cuadros que había visto tiempos mejores y una camiseta que, antaño, probablemente fuera negra pero que ahora parecía gris sucio, con el cuello dado de sí y pequeños agujeros en el dobladillo. Las deportivas eran las mismas que las de las veces anteriores, aunque parecían todavía más rotas.

—Buenos días, señora, señorita —saludó antes de atreverse a cruzar el umbral de la tienda.

—Hola, Jared. Pasa, adelante, no te quedes ahí como un pasmarote —le instó Dolores con una sonrisa.

Nur levantó la vista de la labor de punto de cruz que estaba haciendo. El muchacho parecía aún más delgado que la última vez, sus ojos estaban hundidos y sus manos temblaban sin el gorro al que normalmente se agarraban.

—¿Tienen algún recado que pueda hacerles? —preguntó con timidez.

—En estos momentos no —negó Dolores pesarosa.

—Entiendo. Muchas gracias. —Jared no pensaba insistir. Sabía que si la amable anciana no le ofrecía nada, era porque no tenía nada que ofrecerle. No pensaba aprovecharse de su buen corazón pidiendo algo que quizá no pudiera darle, aunque estuviera a punto de morirse de hambre.

El precio que las chatarrerías pagaban por el cobre era cada vez más alto, y esto había dado lugar a que cada vez fueran más las personas que revisaban los cubos de basura en su búsqueda. En los polígonos industriales, las empresas que hasta hacía poco tiempo tiraban indiferentes los palés de madera ya usados, ahora los guardaban como oro en paño para conseguir el euro que se pagaba por ellos. Los enormes contenedores metálicos en forma de bañera, esos en los que se tiraban los escombros de las reformas de las casas, eran concienzudamente inspeccionados por los mismos albañiles, electricistas y pintores que trabajaban en ellas. Esos contenedores que antes eran una fuente segura de trastos metálicos que vender a los chatarreros, ahora eran eriales de yeso y ladrillos rotos que a nadie interesaban. Cada vez había menos chatarra y, sin embargo, más gente que vivía de ella. Cada vez era más difícil encontrar algo que vender.

Jared se dio media vuelta y aferró con fuerza el pomo de

la puerta. Si se quedaba un segundo más allí, era capaz de suplicar. Y no podía hacer eso, no podía apelar a la buena voluntad de su anciana amiga y ponerla entre la espada y la pared.

Los negocios no iban bien en España, ni siquiera las mercerías regentadas por ángeles.

—Pero... —dijo Dolores en el mismo momento en que Jared salía de la tienda—. Creo que Sonia necesita un par de manos extras.

Jared se dio la vuelta y la miró entre esperanzado y extrañado. No se atrevía a conjeturar qué significaban exactamente esas palabras.

—Es la dueña de la tintorería de la esquina —comentó Nur al ver que el hombre no decía nada—. Si quieres te acompaño y te la presento; si te interesa, claro.

Jared asintió con la cabeza sin atreverse a decir palabra. Había estado en todos los establecimientos de esa calle hacía ya un mes y en ninguno le habían permitido abrir la boca. Y lo entendía. Por supuesto que lo entendía, él tampoco permitiría entrar en su tienda a un vagabundo.

Nur cogió una fina rebeca de punto y se la echó sobre los hombros.

—Ahora mismo vuelvo, abuela.

—No tengas prisa, querida; aún es pronto y los clientes no empezarán a entrar, si es que entran, hasta el mediodía —afirmó Dolores con tristeza. El negocio estaba muy flojo, de hecho todos los comercios de la calle estaban pasando por dificultades.

—Gracias, señora —se despidió Jared agachando la cabeza y saliendo detrás de Nuria.

—Las cosas están bastante complicadas en estos días —comentó Nur mientras caminaba por la calle—. La gente no tiene un duro, los negocios se resienten y la crisis avanza. Tienes que entender que nadie te va a dar una gran cantidad de dinero por los recados que puedas hacer —explicó Nuria entre amable e irritada.

No entendía por qué había sentido la necesidad de acompañar al hombre hasta la tintorería y, mucho menos, por qué narices estaba dándole explicaciones sobre cómo iban los negocios de sus vecinos de calle. A no ser... a no ser que quisiera dejarle claro que no era culpa de él no conseguir trabajo, que todos estaban en mala situación y que sus amigos comerciantes no se iban a aprovechar de él.

—Lo comprendo. No se preocupe, señorita. No pienso exigir nada, solo quiero un trabajo que me permita... —Hizo una pausa sin saber cómo continuar.

¿Qué quería? No era solo comer... era más. Quería hacer algo que lo permitiera sentirse útil de nuevo, algo con lo que pudiera caminar por la calle mirando al frente con la cabeza bien alta, que le permitiera dejar de ser invisible.

—Lo sé —asintió Nur sonriéndole. Jared pensó que jamás había visto una sonrisa tan hermosa en su vida—, y no me llames señorita, no me gusta.

—Nuria —cabeceó él obedeciéndola.

—Nur —replicó ella sonriendo de nuevo.

—Nur —saboreó el nombre entre sus labios. Era un nombre precioso, para una muchacha luminosa.

—Bueno, ya hemos llegado —explicó ella pocos minutos después.

Jared no desvió la vista del rostro de la joven y durante todo el trayecto no había podido dejar de observarla. Ahora que ya no le miraba enfadada y que su ceño no se fruncía ni sus labios se apretaban, se había dado cuenta de que era muy joven, apenas veinte años, imaginó. No era alta, apenas sobrepasaba sus hombros; tampoco era muy delgada. Tenía un cuerpo precioso, con curvas donde todas las mujeres deberían tenerlas, ojos castaños en los que se había perdido al saludarla, y un rostro de facciones amables y soñadoras. Parpadeó aturdido al pensar que ella podía sentirse incómoda ante su maleducado escrutinio y volvió la cabeza para enfrentarse a su nueva aventura. Convencer a la tintorera de que podía serle útil. Un mes antes no lo había conseguido, no veía por qué motivo lo iba a lograr en esta ocasión.

La tienda era la típica tintorería de barrio, ocupada casi por completo por varias barras de metal ancladas al techo, repletas de prendas colgadas en perchas y envueltas en plástico, listas para ser entregadas. Al fondo del local, en una pared libre de ropa, estaba ubicada una enorme lavadora industrial que llegaba casi hasta el techo; al lado de esta había un imponente centro de planchado a vapor que despedía un calor insoportable. Y frente a todo esto, un mostrador impoluto de brillante cristal haciendo de mesa. Sobre él, una caja registradora que había visto mejores tiempos, una agenda, un cuaderno de notas, un bote lleno de bolígrafos de varios colores y un pequeño cenicero lleno de alfileres, imperdibles y tizas azules para marcar la ropa.

Dos mujeres le observaban tras el mostrador. La primera tendría unos cuarenta años y era alta, de agradable fisonomía, pelo recogido en un estirado moño y facciones redondas y suaves. La segunda era una joven de más o menos la misma edad que Nuria, muy parecida a la primera mujer, un poco más alta que ella y de formas definidas y rotundas, con una larga melena castaña recogida en una coleta tirante, y cara de muy, pero que muy pocos amigos.

—Hola, Nur; imagino que este es el joven del que nos habló Dolores —dijo la mujer mayor—. Soy Sonia —se presentó.

—Señora —dijo Jared, inclinando la cabeza en un respetuoso saludo.

—Oh, por Dios no me llames así —se escandalizó Sonia—; no soy tan vieja. Eso déjalo para Dolores. —Y sonrió por su propia broma.

—Mamá —gruñó la más joven de las dos.

—Ah, sí, claro. Esta es Anny, mi hija.

—Señorita.

—No seas pelota —refunfuñó la joven—, a mí no me vas a ganar con monsergas como a mi madre y a Dolores.

Jared dio un paso atrás, intimidado por el enfado que destilaba la voz de la muchacha. Su cabeza volvió a hundirse entre sus hombros y sus manos se aferraron una a la otra, nerviosas. Era una escoria y la chica lo había notado. No había podido engañarla aunque sus harapos estuvieran limpios y él recién duchado. Su pelo demasiado largo, su barba de varios meses y sus ojos enrojecidos por la falta de sueño no dejaban lugar a dudas.

—Lo... lo siento —se disculpó sin levantar la vista del suelo. Un paso más y estaría fuera de la tienda, lejos de la humillación.

—¡Anny! Eso ha sido muy desagradable. Discúlpala, Jared; mi hija tiende a ser muy antipática.

—¡Mamá!

—Dolores ha dicho que podemos confiar en él y, si ella lo dice, yo la creo —afirmó Sonia sin asomo de duda—. Entra, Jared; deja que te explique en qué puedes ayudarnos y, si te parece bien lo que quiero, entonces hablaremos sobre las condiciones —le animó.

Jared se tragó la vergüenza, la duda y las ganas de huir; alzó la cabeza y se acercó al mostrador. Necesitaba demostrarle al mundo que podía hacer bien las cosas. Que era digno de conseguir un trabajo.

Sonia sonrió al ver que el hombre se sobreponía a la timidez que antes había mostrado y la miraba con algo de seguridad. Anny, por el contrario, gruñó en voz baja y miró enfadada a su mejor amiga. Nur alzó la cabeza y, sin pensar siquiera en lo que hacía, se colocó al lado de Jared y pasó una de sus finas manos por el codo doblado del muchacho.

Jared la miró sorprendido por el inesperado apoyo, su espalda se irguió, sus hombros se pusieron rectos y su mirada se libró de parte de la desesperación que llevaba imbuida en ella desde hacía siete meses.

—Voy a ir al grano —avisó Sonia—. Esto es una tintorería y, con el trabajo que hay últimamente, apenas nos da para vivir a nosotras. No puedo ofrecerte un contrato ni mucho menos un horario fijo, tampoco un sueldo.

Jared asintió. Sus esperanzas se desinflaron.

—El tiempo ha cambiado, hace calor —dijo Sonia— y la gente se está dando cuenta de que las alfombras que hay en sus casas, no solo están sucias, sino que sobran. Por tanto, nos llaman para que las recojamos, las limpiemos y se las volvamos a entregar. Ese trabajo lo realizaba mi marido, pero hace pocos meses que lo han operado de una hernia discal y los médicos le han prohibido hacer esfuerzos. Por tanto, me hace falta alguien que vaya casa por casa recogiendo las alfombras —finalizó Sonia mirando a Jared.

—Puedo hacerlo —afirmó él—, se lo aseguro. Puedo.

—¿Tienes permiso de conducir? —preguntó la mujer.

—No —negó Jared agachando la cabeza, derrotado.

—¡No pretenderás dejarle la furgoneta de papá! —exclamó Anny enfadada.

—Por supuesto que no. No tiene carné —explicó Sonia con una sonrisa—. Todos nuestros clientes viven por la zona, imagino que no te asustará caminar un poco con una alfombra sobre los hombros. —No era una pregunta.

—No, señora; por supuesto que no.

—Bien. Entonces hablemos de negocios —afirmó Sonia mirándole sin pestañear—. Como te he dicho, no puedo pagarte un sueldo ni hacerte un contrato. Tampoco sé cuándo necesitaré tus servicios o si estos se prolongarán en el tiempo. Lo único que sé es que ahora me haces falta, e imagino que la situación durará un par de semanas. —Hizo una breve pausa para ver la reacción del hombre, este asintió sin dudarlo—. Te pagaré un porcentaje de lo que gane limpiando cada alfombra. No será mucho, pero no puedo ofrecerte más. Si quieres hacerte una idea de lo que puedes ganar con cada una, aquí tienes la tarifa de precios —le indicó acercándole una hoja plastificada.

—Además, los clientes suelen dar alguna propina —intervino Nuria. Ella había realizado ese mismo trabajo cuando era una adolescente y sabía que se sacaría más en propinas que con lo que le pagara Sonia.

—Efectivamente. Es un trabajo sucio y cansado —advirtió la tintorera—. Al fin y al cabo las alfombras llevan usándose todo el año y suelen estar en pésimas condiciones, y por supuesto el calor no ayuda.

—No importa —afirmó Jared. Era un trabajo, iba a ser útil e iba a poder ganarse su propia comida; eso sería suficiente.

—Perfecto. Comenzarás mañana a las nueve. No me

gusta la gente que no es puntual —avisó con mirada acerada. Sonia era una buena mujer, pero era comerciante hasta la médula.

—No se preocupe, señora. Aquí estaré.

—Te proporcionaré un plano para que sepas adónde debes ir y, junto a las direcciones, apuntaré el horario. No puedes aparecer en las casas ni antes ni después —advirtió—. No quiero que molestes a mis clientes cuando están haciendo la comida o colocando la compra. Un cliente satisfecho es un cliente que regresa.

—Y deja buenas propinas —susurraron a la vez Anny y Nuria, que habían oído esa misma frase miles de veces a lo largo de su vida.

Jared sonrió al escucharlas.

Anny se dio cuenta y frunció el ceño sorprendida. En vez de los dientes carcomidos y renegridos que ella imaginaba, Jared tenía una hermosa y blanca sonrisa.

—Pero, mamá, no puede presentarse en las casas de los clientes con esas… pintas —refunfuñó arqueando las cejas.

Jared hundió los hombros, encorvó la espalda y miró fijamente al suelo, derrotado otra vez por sus harapos ajados. No era justo. Él no podía hacer nada para mejorar su aspecto. Apenas podía pagar la lavandería una vez al mes, mucho menos comprarse ropa nueva.

—Tienes toda la razón, Anny —asintió Sonia—. Me alegra que lo hayas mencionado, se me había pasado por alto.

Jared sintió que sus ojos comenzaban a arder al ver cómo se le escapaba entre los dedos la oportunidad de conseguir el trabajo. Parpadeó intentando mantenerlos secos y cabeceó indignado consigo mismo. Parecía que últimamente tenía demasiada facilidad para dejarse llevar por la desesperación.

—Acompáñame —le llamó Sonia.

—¡Mamá! ¿Qué vas a hacer?

—Lo que tú tan sabiamente acabas de decir: eliminar sus… pintas —aseveró con una sonrisa a la vez que le tendía la mano.

Jared se acercó a ella, pero no osó tocarla; no tenía derecho a tomar la mano de esa mujer. Él no era nada, solo escoria, no quería manchar los impolutos dedos de la tintorera con la suciedad que, por mucho que se lavara y restregara, no lograba eliminar de su piel.

Sonia se dirigió a la trastienda. Era una pequeña habitación llena de cachivaches, detergentes, piezas extrañas y... una enorme caja llena de ropa.

—Todas estas prendas son las que algunos clientes desaprensivos no se han molestado en venir a recoger. Están pasadas de moda; de hecho todas llevan aquí como mínimo un año; es el tiempo que damos como máximo para recogerlas; si no lo hacen, pasan a ser nuestras. Busca algo que te valga y llévatelo; cuando vuelvas mañana, quiero que estés bien vestido.

Jared se la quedó mirando sin saber bien qué decir, no quería la caridad de nadie. No era un mendigo, pero necesitaba desesperadamente la ropa y el trabajo.

—Oh, vamos. Sé que no te gusta la idea de vestirte con prendas usadas, pero, aunque tu ropa está limpia, también está demasiado vieja —afirmó asintiendo complacida. Le había gustado especialmente ver que el muchacho recomendado por Dolores era un chico aseado.

—No es por eso, señora —se atrevió a contestar Jared.

—¿Entonces?

—No... No lo sé —tartamudeó incómodo, sin saber cómo explicarle que no quería la compasión de nadie, que no podía aceptarla, porque si lo hacía se hundiría en el pozo de la más oscura desesperación.

—Bueno, bueno... —Sonia le dio unas palmaditas en la espalda, imaginando las dudas que poblaban la mente del muchacho, comprendiendo el porqué de su rostro enrojecido—. Tú mira a ver qué encuentras por aquí... —Se mordió los labios pensando en cómo decir lo que quería sin que sonara a caridad—. Vamos a tener que llevar toda la ropa de esa caja a la iglesia; aquí nos molesta y quita espacio, así que si te llevas varias cosas, nos harías un favor. La caja pesa muchísimo y, cuanto más vacía esté, menos nos costará moverla

—explicó saliendo de la trastienda y dejando a Jared con un nudo en la garganta que se creía incapaz de tragar.

El muchacho revolvió con dedos trémulos las prendas olvidadas en la caja. Todo estaba limpio y en perfectas condiciones. Encontró sobre todo mantas y ropa femenina, pero también algún pantalón que le podía valer, un par de camisas, unos vaqueros y una americana informal casi nueva. En cada prenda había una nota de entrega enganchada con un alfiler; la de los vaqueros estaba subrayada en rojo, y explicaba que no habían conseguido quitar del todo una mancha y que el cliente se había negado a llevársela. Observó con cuidado ese pantalón, lo único que encontró fueron unas pequeñas gotitas de color oscuro cerca de la cintura. Se encogió de hombros y comprobó que fuera más o menos de su talla. Lo era.

Revisó su mochila buscando la ropa más estropeada, la dejó a un lado para tirarla al primer contenedor de basura que encontrara y en su lugar metió la nueva ropa que acababa de seleccionar. Se mordió los labios y se acercó de nuevo a la caja de cartón. Si pudiera se llevaría las mantas que había en ella, pero no le cabían en el petate y además no podía cargar con más peso. Al fin y al cabo lo llevaba a su espalda todas las horas del día. Aun así, las noches eran frescas y pasaba mucho frío. Rebuscó de nuevo y encontró una mantita infantil; no era muy grande ni pesaba mucho; apenas ocupaba, pero parecía cálida. La dobló e intentó guardarla, mas no cabía. Con un suspiro sacó la chaqueta informal, de todas maneras no cuadraba con su actual aspecto, y volvió a meter la mantita. Esta vez no tuvo ningún problema. No obstante... Sin pensárselo dos veces se puso la americana. Si no podía llevarla en la mochila, la llevaría puesta. Al fin y al cabo iban a tirarla. Metió su ropa vieja en una bolsa de plástico que siempre llevaba en el bolsillo del pantalón, respiró profundamente para infundirse valor y abrió la puerta.

Cuando salió de la trastienda se encontró con la mirada sorprendida de las tres mujeres ¿Había tardado demasiado?

—Yo… —farfulló Jared incómodo— he cogido algunas cosas. Gracias.

—¡Pero bueno! —exclamó Sonia—. Si pareces otro, y eso que solo te has puesto una chaqueta.

Las jóvenes asintieron con la cabeza corroborando las palabras de la mujer. No parecía el mismo.

Jared sonrió y se pasó la mano por la nuca, aturdido ante tanta atención. Estaba acostumbrado a ser invisible, no a que se fijaran en él.

Nuria inspiró profundamente al ver la sonrisa risueña y los ojos chispeantes de Jared. Era realmente guapo y algo más. Ahora que parecía más confiado y seguro de sí mismo, le rodeaba un halo intangible que insinuaba la clase de persona que era. Un buen hombre.

—Ahora solo tiene que librarse de la barba desaliñada que lleva y parecerá normal —acotó Anny. Seguía sin convencerle que su madre confiara de ese modo en un desconocido. Si hacía mal el trabajo o incomodaba a los clientes, podrían perderlos.

Jared entrecerró los ojos y se acarició la barba con los dedos. Tampoco la tenía tan larga. O tal vez sí.

—La barba no es problema —aseguró Sonia—. ¿Te dan miedo los perros? —le preguntó.

—Eh… no.

—Bien. Nur, por qué no llevas a tu amigo a ver a Román.

Jared estiró la espalda al escuchar ese término. «Amigo.» ¿Nur le consideraba su amigo?

—¿A Román? —preguntó Nuria con los ojos abiertos como platos. Sonia asintió. Nur miró a Jared y se encogió de hombros—. De acuerdo, ven conmigo —dijo tomándole del codo.

Jared miró sus finos dedos posados en la impecable americana. Era la segunda vez que la hermosa muchacha le tocaba y no parecía repugnarla. Se sintió flotar y sonrió sin poder evitarlo.

—No sonrías tanto —le advirtió Nuria—. La cuestión no es que no te den miedo los perros, sino que no te dé miedo Román.

Anny se rio, cogió su chaqueta de punto y salió tras ellos.

—¿Adónde te piensas que vas, jovencita? —la llamó su madre.

—Esto no me lo pierdo por nada del mundo —gritó Anny desde la puerta.

Román resultó ser el dueño de la peluquería para caballeros del barrio. Era un local pequeño, con tres butacas rojas pasadas de moda, un lavacabezas de metal y un enorme espejo que ocupaba toda una pared.

Anny entró en la peluquería seguida muy de cerca por Nur y Jared. Se sentó en una de las butacas y esperó sonriente. Nur permaneció de pie, aferrando con fuerza el brazo del joven, como queriendo infundirle ánimos. Un segundo después apareció el perro más grande que Jared había visto en su vida.

Salió corriendo por una puerta disimulada en un rincón y se detuvo en seco frente a él. Contempló aterrorizado como el enorme chucho alzaba la cabeza y comenzaba a husmearle sin ninguna vergüenza la ingle y el trasero.

—¡Scooby! Eso no se hace —le regañó Nuria mientras que Anny estallaba en carcajadas al ver la cara del joven.

—¿Por qué no? Es su manera de reconocer y distinguir a las buenas personas de las malas —replicó el viejo más arrugado del mundo saliendo por la misma puerta que había usado antes el enorme perro.

—Ah, sí… ¿y cómo sabes si Scooby las considera buenas o malas? —preguntó Anny guiñándole un ojo al hombre mayor.

Nur se tapó la boca con una mano para evitar que Jared viera su sonrisa taimada. Conocía de sobra la broma que estaban a punto de gastarle sus dos amigos.

—Fácil. Si son buenas las deja en paz —explicó el viejo mirando a Jared—, pero si son malas… les arrea un buen bocado en los cataplines. ¿Eres buena persona, muchacho? ¿O solo eres un tío listo que le quiere tomar el pelo a Dolores?

No. No me respondas, no hace falta. —El viejo alzó una mano silenciando las palabras que pugnaban por salir de la garganta de Jared—. *Scooby* nos dirá si se puede confiar en ti. Nunca se equivoca, ¿sabes? —comentó Román mirando al perro. Este no dejaba de olisquear la ingle del joven—. No te muevas, no vaya a ser que se enfade... porque no querrás verle enfadado, ¿verdad?

Jared apretó los dientes y negó con la cabeza. Lo cierto es que se estaba cansando del escrutinio indecente del monstruoso can.

Era un sin techo, sí. No tenía ninguna otra posesión en la vida que lo que llevaba en la mochila, lo asumía. Su aspecto físico no era el mejor, no cabía duda. Pero de ahí a dejar que un chucho, por muy grande que fuera, le olisqueara los bajos a su antojo, intimidándole... No iba a permitirlo. Ante todo, era una persona. Tenía dignidad, y nadie le iba a menospreciar, ni siquiera el perro más grande del mundo.

Templó los nervios, afiló el intelecto y se dispuso a finiquitar aquel desagradable escrutinio. Bajó la mirada hacia el animal y lo observó con serenidad, intentando averiguar a qué raza pertenecía. Una sonrisa iluminó su rostro al darse cuenta del nombre de la mascota. *Scooby*. Alzó lentamente la mano y la posó sobre la testa suave del gran danés. El perro levantó la mirada hacia él y emitió un ruido que casi parecía un gruñido. Casi.

Jared no se dio por vencido, ni mostró el miedo que recorría su cuerpo; simplemente comenzó a mover los dedos lentamente sobre la enorme frente del tremendo mastodonte, mientras rezaba en silencio para que el perro fuera igual de agradable que su homólogo en la ficción.

Lo era.

Scooby se levantó sobre sus patas traseras, plantó las enormes zarpas delanteras sobre el pecho del joven y alzó la descomunal testa, quedando a la misma altura que la del hombre. Acto seguido sacó su enorme lengua y le lamió el rostro.

Jared apretó los labios, cerró los párpados y aguantó el lavado de cara con toda la dignidad que fue capaz de reunir.

—¡*Scooby*, sentado! —ordenó su dueño—. Parece que le has caído bien —afirmó pasándole una toalla humedecida para que se limpiara las babas de la cara.

—Eso espero —afirmó Jared.

Román observó al muchacho. Le agradaba que no se hubiera echado a temblar ante su querido e inofensivo perro. Denotaba valentía, y a él le gustaba la gente valiente. Además, si *Scooby* le había lamido era porque, por narices, el zagal tenía que ser buena persona.

—Bien, bien. Anny, Nur, podéis marcharos; seguro que vuestras madre y abuela os están esperando —sugirió Román sin desviar la mirada de Jared—. Yo me quedaré con el chaval y le explicaré el asunto.

—Pero Román... —se quejó Nur, reticente a dejar al chico con el anciano peluquero.

—Nada, nada. Yo me encargo. Vamos, vamos, largaos —ordenó empujándolas suavemente y haciéndolas salir de la tienda.

—Tiene razón, Nur; seguro que hacemos falta en las tiendas —se confabuló Anny con Román.

La sonrisa que dibujó en su boca le puso todos los pelos de punta a Jared. La chica parecía saber algo que él no sabía, cosa nada rara, ya que no conocía ni a Román ni a su perro ni a Anny. Su única ancla en esos momentos era Nur, y se la estaban llevando lejos de él, pensó en un instante de desolación. Se irguió, asustado de sus propios pensamientos. No podía necesitar a nadie, ni apoyarse en nadie, porque antes o después ese alguien desaparecería de su vida, igual que todos. Y él volvería a ser invisible para el mundo. Si se acostumbraba a necesitar a otra persona, le sería más difícil todavía regresar a la soledad en que se había convertido su vida.

—Bueno, bueno, muchacho, ya estamos solos, lejos de los delicados oídos de las señoritas —dijo Román frotándose las arrugadas manos—. Tú y yo vamos a hablar clarito. Siéntate —ordenó a la vez que se dirigía a la puerta de la tienda y la cerraba con llave.

Jared miró a su alrededor y se percató de que en la peluquería había múltiples bandejas repletas de tijeras, navajas y chismes de lo más amenazadores. Dio un paso atrás y tropezó con el inmenso lomo del gran danés. *Scooby* lo miró aburrido, estornudó y se dirigió con paso calmado a la puerta, frente a la cual se tumbó. El viejo sonrió al joven. Una sonrisa arrugada, desdentada y taimada que le puso la carne de gallina.

—¿No me has oído, muchacho? Siéntate —exigió de nuevo. *Scooby* alzó la cabeza y ladró, indicando a su amo que ya había obedecido la orden—. No va por ti, pedazo de alcornoque —le espetó al animal.

Este pareció entender ya que colocó la cabeza entre sus enormes patas delanteras y bostezó sonoramente, mostrando una hilera de afilados dientes, blancos, relucientes y muy, muy grandes.

Jared decidió seguir el ejemplo del perro y relajarse. Caminó hasta una de las butacas rojas y se sentó en ella, no sin antes trazar un plan de huida en el caso de que las cosas se pusieran feas.

—¿Por dónde íbamos? —preguntó el viejo—. Ah, sí, todavía no hemos empezado —dijo colocando una nívea capa de tela alrededor del cuello de Jared y apretándola con un fuerte nudo hasta casi estrangularlo—. Dolores es una de mis mejores amigas, es una mujer excepcional —dijo a la vez que sumergía una pequeña toalla en un recipiente lleno de agua del que emanaba vapor—. Así que, como puedes imaginar, cuando hace un par de semanas me comentó que te había conocido y que le parecías un chico estupendo, me preocupé por ella.

Sacó la toalla del recipiente, la escurrió en otra máquina y, sin previo aviso, la colocó sobre el rostro de Jared. La primera reacción de este fue levantarse apresuradamente, pero unos dedos viejos y engarfiados se lo impidieron, unos dedos con una fuerza inusitada para pertenecer a alguien tan viejo.

—Vamos, vamos. No me seas quejica. Es solo agua caliente. Los jóvenes de hoy sois unos blandengues —argumentó negando con la cabeza—. Dolores tiene la costumbre de fiarse de todo el mundo, y eso no está bien, nada bien. Le aconsejé que se dejara de monsergas y se hiciera la tonta, pero, en fin, tiene por costumbre hacer lo contrario a lo que le sugiero. Así que aquí estás hoy, a punto de empezar a trabajar para Sonia y esperando a que yo te afeite —suspiró alzando los ojos al cielo.

—¡Eh! Yo no le he pedido que haga nada por mí —replicó Jared quitándose la toalla de la cara e intentando levantarse de la silla. Pero una enorme cabeza posada en su regazo se lo impidió.

Scooby acababa de decidir que sus muslos eran mucho más cómodos que el frío suelo.

Jared no tenía miedo al chucho, pero tampoco era tan inconsciente como para hacer un movimiento brusco, sobre todo teniendo en cuenta que el enorme hocico del animal estaba pegado a su ingle y, por mucho que su virilidad no estuviera en condiciones de ejercer como tal, seguía siendo suya, y pretendía conservarla.

—Claro, claro. Por supuesto que no has pedido nada; si lo hubieras hecho, le habría ordenado a *Scooby* que te diera un buen bocado en el trasero. Además yo jamás hago nada por nadie a no ser que obtenga algo a cambio —sentenció sin dudar a la vez que afilaba una navaja—. No te muevas.

Jared se quedó paralizado al sentir la aguda cuchilla posarse sobre su garganta. La saliva se le quedó atorada en el paladar, incapaz de bajar por la laringe, por si ese pequeño movimiento condujera a que el filo de la hoja cortara no solo la barba, sino también la carne.

—Bien, bien. Como te iba diciendo jamás hago nada por nadie. Al fin y al cabo tengo un negocio que mantener. Oh, sí, por supuesto, tú no me has pedido absolutamente nada, pero no pretenderás que te deje visitar a los clientes de Sonia con estos pelos. Los espantarías.

Jared intentó hablar, pero el viejo se lo impidió estirándole la piel de la mejilla con su artrítica mano y colocando la navaja a escasos milímetros de la comisura de sus labios.

—Tranquilo, no es caridad. Me vas a tener que pagar… pero no quiero tu dinero; de eso ya tengo suficiente para lo que me queda de vida. Quiero algo mejor, algo mucho más importante y difícil de conseguir —sonrió taimado el viejo.

Jared aprovechó que le estaba afeitando la barbilla para tragar toda la saliva acumulada en el interior de su boca. El viejo le estaba comenzando a dar verdadero miedo. Tenía la mirada turbia, acerada, calculadora. Su rostro lleno de arrugas se mostraba pétreo e inaccesible. Su cuerpo encorvado y enfundado en una bata negra con mangas y cuello blancos se asemejaba al de un buitre preparándose para despedazar la carroña. Y por último las manos. Unas manos que, cuando no estaban estirándole la piel o empuñando el «arma», temblaban como una lavadora en pleno centrifugado. ¿Dónde se había metido?

—¿Te sorprende que esté enterado de que vas a trabajar para Sonia? —preguntó en ese momento Román cambiando drásticamente de conversación.

Jared negó con la cabeza sin saber bien qué decir. Comenzaba a darse cuenta de que el viejo cambiaba de idea y de conversación de un segundo para otro, denotando una clara inestabilidad mental.

—Pues sí, pues sí. En este barrio las noticias corren más rápidas que la pólvora. Y ten una cosa bien clarita, todos los comerciantes, absolutamente todos —remarcó posicionándose frente a Jared y mirándole fijamente—, nos conocemos. Sabemos cada cosa que pasa, en cada momento. ¿Has creído que porque soy viejo soy tonto? —preguntó posando la navaja de nuevo en la garganta del joven—. Recuerdo perfectamente que hace menos de un mes entraste en cada uno de los comercios de la calle pidiendo trabajo. En todos menos en este —afirmó con la cara a escasos centímetros del rostro del joven—. ¿Por qué? —preguntó separando la temida hoja de la suave piel para que el muchacho pudiera contestar.

—¿Por qué qué? —musitó Jared apretando las manos sobre los reposabrazos de la butaca para que no le temblaran.

—¿Por qué no me pediste trabajo a mí? —inquirió Román apoyándose inofensivamente en la pared mientras sus dedos jugueteaban con la navaja.

Scooby levantó la cabeza y gruñó, como si la postura de su dueño fuera un indicativo de que debía mantenerse alerta.

—Porque… vi que estaba solo y pensé que no tendría trabajo para mí —explicó Jared.

—¿Solo por eso? —inquirió suavemente Román alejándose de la pared e irguiéndose en toda su diminuta estatura. *Scooby* gruñó más alto, separó la cabeza de las piernas de Jared, posó con decisión las patas traseras en el suelo y dobló las delanteras.

—Eh… Usted estaba solo en la peluquería, todo estaba impoluto —se apresuró a explicar Jared—, el cristal del escaparate brillaba, al igual que el suelo y el mostrador. No vi cajas ni nada para colocar, ni clientes esperando a ser atendidos. Pensé que si todo estaba tan limpio y colocado era porque usted no tenía demasiado trabajo y que, por tanto, no le haría falta nadie que le echara una mano.

—Ah… eres muy observador, e inteligente. Eso me gusta —afirmó acercándose de nuevo a Jared y posando la navaja en la mejilla que todavía no había afeitado.

Scooby se relajó y se tumbó en el suelo, sobre las deportivas gastadas y rotas del muchacho. No tardó más de un segundo en llenarlas de babas.

—Bien, bien. Este es el trato: yo te afeito y te hago un buen corte de pelo para que no asustes a los clientes de Sonia y tú mantienes los ojos y las orejas abiertas y me consigues información.

—¡Información! —exclamó Jared con los ojos abiertos como platos. ¡Ese viejo estaba loco!

—Sí, información. Mientras estés enrollando las alfombras, las mujeres te contarán sus cosas. Cuando vayas de arriba abajo por la calle te cruzarás con grupitos de señoras, mantén las orejas alertas. En los portales los porteros te preguntarán adónde vas y, de paso, seguro que te cuentan algún cotilleo. Al principio no será fácil, pero, según te vayan conociendo en el barrio, la gente se abrirá a ti y te contará cosas. Quiero saber todos y cada uno de los chismes que circulan por la calle —finalizó el viejo con una mirada soñadora.

—¿Para qué?

—¡Para qué! Pero, muchacho, es obvio. Pensé que eras inteligente —negó con la cabeza, decepcionado—. Una peluquería se alimenta de cotilleos. Llevo toda mi vida siendo adicto a ellos, pero ahora con la maldita crisis cada vez menos hombres vienen a afeitarse; prefieren hacerlo en sus casas, con sus cuchillas de afeitar desechables —masculló con una mueca de asco—. Han cambiado un afeitado apurado y perfecto, regado con una buena dosis de cotilleo, por cinco minutos frente al espejo desollándose la piel de la cara con esas máquinas que anuncian por la tele y no sirven para nada. Cierto es que todavía acuden a mí para cortarse el pelo —divagó con una sonrisa— pero cada vez lo hacen menos a menudo, y van siempre con tanta prisa que apenas me cuentan nada —suspiró apesadumbrado.

Jared asintió con la cabeza, estupefacto. ¡El anciano estaba como una cabra!

—Si quieres que te sea sincero, no me hace falta mantener el negocio; tengo suficiente dinero ahorrado como para vivir como un rey los años que me quedan de vida, pero… me aburro en casa. Me aburro muchísimo. Y *Scooby* todavía más. —El perro ladró asintiendo—. Se vuelve loco entre cuatro paredes. Aquí tiene el privilegio de poder entrar y salir cuando quiere. Lo único que necesito para que mi vida sea tan perfecta como era antes son los cotilleos. Y ese va a ser tu trabajo, conseguirme información. A cambio, te afeitaré cada día, te cortaré el pelo cuando sea necesario y te invitaré a desayunar aquí, conmigo, cada mañana, momento en que aprovecharás para contarme todo aquello de lo que te hayas enterado durante el día anterior. ¿A que es un plan perfecto? —preguntó Román sonriendo maliciosamente.

—Sí… claro —afirmó Jared.

Durante los siete meses que llevaba viviendo en la calle, había topado con personajes de lo más extraños y desequilibrados, pero Román se llevaba la palma. No se atrevía a llevarle la contraria, por muy raro que le pareciera el trato propuesto, pero… ¡Es que no tenía ni pies ni cabeza! Si el viejo quería información solo tenía que recurrir a sus amigas.

—Te estás preguntando por qué no consigo los cotilleos de Sonia y Dolores —comentó de repente Román leyendo el rostro de Jared—. Piensa, muchacho; piensa —dijo dándole golpecitos en la sien con la mano en la que tenía asida la navaja. Jared intentó apartar la cabeza, apreciaba mucho su frente—. Tengo una reputación que mantener. No puedo ir pidiendo información a los demás tenderos; se supone que soy omnipresente, que todo lo veo, que todo lo sé. ¿En qué lugar quedaría si les preguntara a ellos lo que supuestamente sé?

Jared asintió con la cabeza, no le faltaba razón al argumento que le ofrecía.

—Bien, bien. Entonces, trato hecho —dijo tendiéndole la mano y alejándola antes de que Jared pudiera estrechársela—. Pero antes de nada… —Román entornó los ojos, y colocó con espeluznante precisión y rapidez la hoja de la navaja sobre la vena carótida que se marcaba bajo la piel del delgado cuello del muchacho—. ¿Has pensado, aunque solo sea por un segundo, robar, asustar o agredir de alguna manera a mis amigas y su familia?

Jared se quedó petrificado, temiendo moverse y clavarse él mismo la navaja o, peor aún, sobresaltar al viejo y desequilibrarlo más todavía. Incapaz de hallar una solución a su problema optó por mantenerse inmóvil y negar toda implicación en cualquier amenaza imaginaria que inventara el viejo demente. Le tenía cierto cariño a su cuello y no le apetecía nada que este acabara agujereado, algo que, además, sería probablemente muy doloroso.

—No —susurró ahogadamente.

—No te oigo, muchacho. Habla más alto —insistió el arrugado anciano sin dejar de presionar con la navaja.

Scooby ladró sin molestarse en levantar la cabeza de las deportivas de Jared, pero no fue un ladrido amenazador, sino más bien una especie de gañido indicando que no se preocupara mucho por las locuras de su amo. Algo así como el equivalente en idioma canino de: «Perro ladrador, poco mordedor».

El viejo carraspeó, alejó un poco la navaja del cuello del joven y lo miró con aire amenazante.

—No. —Jared aprovechó el pequeño respiro concedido, para responder en voz alta y clara.

—¿No, qué?

—No he pensado en ningún momento en causar mal alguno a nadie —dijo subrayando con la mirada la palabra «nadie».

—Bien, bien. Pues entonces trato hecho —aseveró Román separándose del joven y dejando la navaja en el mostrador—. Vamos a ver qué hacemos ahora con tu pelo —murmuró para sí acariciándose la barbilla.

—¡Está usted loco! —exclamó Jared levantándose de un salto, alejando las deportivas del morro lleno de babas de *Scooby* y arrancándose la toalla que cubría sus hombros—. ¡Ha podido matarme con esa... esa... arma!

Se dio la vuelta dirigiéndose a la puerta; ni por todo el oro del mundo permanecería cerca de ese loco ni un segundo más.

—Bueno, bueno. Tampoco es para que te pongas así.

—¡Qué! ¡Está usted chalado! —replicó intentando abrir la puerta, pero no lo consiguió. El viejo extravagante la había cerrado con llave y esta no estaba en ningún lugar visible.

—Pero no te he hecho nada, ¿verdad? —declaró Román sin negar la afirmación de Jared.

—¡Váyase usted a la mierda! —exclamó tirando con fuerza del pomo aun sabiendo que solo conseguiría salir de esa jaula de locos si el viejo se lo permitía.

—Vamos, vamos. ¿Qué lenguaje es ese? ¿Te parece bonito mandar a la mierda a un pobre e inofensivo viejo? —preguntó con mirada irónica Román—. ¿Tú qué piensas, *Scooby*?

El gran danés sacudió indolente su enorme cabeza y se dirigió con paso tranquilo hasta el joven.

Jared tensó todo su cuerpo a la espera del inminente mordisco, pero ocurrió todo lo contrario a lo esperado. El gigantesco perro se levantó sobre sus patas traseras, le dio tres sonoros lametazos en la cara y se colocó otra vez a cuatro patas. Acto seguido lanzó un gañido lastimero y colocó la inmensa cabeza pegada a su cintura.

Jared no reaccionó, estaba petrificado. El perro se comportaba como un manso corderito.

Scooby gimió lamentándose de la escasa atención que le prestaba su nuevo amigo y buscó con la cabeza los dedos del joven. Los lamió y luego agachó la mollera hasta que quedó bajo ellos. Jared no pudo evitarlo, le rascó la coronilla. El perro comenzó a mover el rabo mostrando a todo aquel que quisiera verlo lo feliz que era.

—Piénsalo un poco, muchacho. ¿Crees que, si yo fuera capaz de matar a una mosca, mi perro sería tan tonto como es? —bufó Román—. Ah, las apariencias engañan, amigo. Es la reputación la que manda, y yo tengo que hacer honor a la mía. Y ahora déjate de milongas y siéntate a ver qué podemos hacer con tu pelo.

Jared se asomó a la verdad escrita en los ojos del enorme, inofensivo y cariñoso perro.

Observó con atención al viejo darle la espalda mientras seleccionaba las tijeras y el peine que iba a usar y tomó una decisión.

Capítulo 4

No soy lo que aparento, soy lo que escondo en mi interior.
Atrévete a verme como realmente soy. Apuesta por mí.

—*M*e apuesto un café a que no se presenta —retó Anny a su amiga.

—Trato hecho —aceptó Nur—. Pero ojo, no quiero un café cualquiera, sino un *frappuccino* de caramelo.

—Tú misma. —Anny se encogió de hombros y sonrió con suficiencia—. Eres tú la que va a perder y a pagar.

—Eso habrá que verlo.

Eran poco más de las ocho de la mañana de un día magníficamente soleado. Las dos amigas estaban sentadas tras el mostrador de la tintorería, supuestamente ayudando a Sonia a ordenar las direcciones y horarios de las recogidas de ese día, mientras esta se ocupaba de ir al banco a ingresar el dinero recaudado la jornada anterior. Pero lo que realmente estaban haciendo las muchachas era debatir entre ellas sobre el joven que, según Anny, había encandilado a Dolores... y a Nur.

—Mira, tía, es de cajón. Una cosa es llevar una caja con revistas viejas y un par de telas a la residencia de ancianos y otra muy distinta pasarse todo el día cargando con alfombras sucias y pesadas de un lado a otro del barrio —argumentaba Anny—. Seguro que se raja, ya verás.

—No sé. La abuela está segura de que acudirá. Ha hablado con Román y dice que *Scooby* confía en Jared y ya sabes que rara vez se equivoca.

—¡Oh, por favor! No me digas que vas a hacer caso de ese loco y su desequilibrado chucho.

—Pues… no, la verdad. —Nuria sonrió—. Pero no sé. No es que lo conozca mucho, pero me da la impresión de que no es lo que parece a simple vista.

—Por supuesto que no. Es un príncipe de un remoto y desconocido país que se ha disfrazado de mendigo para introducirse entre la gente de la calle y ver cuáles son sus carencias. ¡No me fastidies, Nur! —estalló Anny—. Vamos, tía, usa la cabeza. No sé qué mosca te ha picado. Hace tres semanas estabas segura de que el tipo iba a robaros, maltrataros o algo por el estilo, y ahora lo defiendes a capa y espada.

—Hace tres semanas no había hablado con él, no le conocía ni tenía ganas de hacerlo. Ahora es distinto.

—¿Qué ha cambiado? Sigues sin conocerle.

—Comí con él y lo que vi no me gustó —confesó Nuria bajando la voz.

—¿Qué viste? —preguntó su amiga de repente seria.

—Vi a todos los clientes del restaurante desviando la mirada para no verle. Vi a un hombre joven y demasiado delgado mirar con temor a su alrededor e intentar hacerse todavía más invisible de lo que era. Le vi coger el tenedor con dedos temblorosos y obligarse a comer despacio, como si apenas pudiera soportar esperar a meterse la comida en la boca y a la vez tuviera miedo de… no sé, de que sus modales en la mesa fueran incorrectos. Tenías que haber estado allí, Anny —dijo a su amiga tomándola de la mano—. Al principio no levantaba la mirada de la mesa, como si no se atreviera a hablar con nosotras. Poco a poco fue entrando en la conversación, al principio solo con monosílabos, como si se hubiera olvidado de la manera de conversar. Pero cuando por fin comenzó a hablar fue… increíble. Irguió la espalda, levantó la cabeza y… —dejó de hablar y entornó los ojos.

—Y… ¿qué?

—Se transformó en otra persona. Es superinteligente… es… no lo sé explicar. Hay sufrimiento en su mirada, pero también dignidad, honor, superación, fortaleza…

—¡Nur! —exclamó Anny con los ojos abiertos como platos.

—¡Qué!

—Hablas como… como si te gustara —explicó Anny posando la palma de la mano sobre la frente de su amiga—. ¿No estarás enferma, verdad?

—Oh, déjate de tonterías —gruñó Nuria apartando de un manotazo a su amiga.

—Hola —susurró una voz de hombre desde la entrada de la tienda.

Nur y Anny volvieron la cabeza y observaron al recién llegado, extrañadas. Era muy pronto para que fuera un cliente, la tintorería normalmente no abría hasta las nueve y media.

—Hola —saludó Anny levantándose de la silla con la mejor de sus sonrisas; el tipo era guapísimo—. ¿En qué puedo ayudarle?

—Esto… soy yo… Jared. ¿Llego demasiado pronto? —preguntó nervioso mirando el reloj de la pared. Las manecillas indicaban que faltaban quince minutos para las nueve en punto.

—¡Jared! —exclamaron las dos amigas a la vez, totalmente sorprendidas.

—Hola, muchacho; ya veo que has llegado pronto —dijo Sonia empujándole para que entrara en la tienda y la dejara pasar—. ¡Madre mía! Sí que has cambiado. Es increíble lo que puede hacer un buen corte de pelo y un afeitado. ¡Estás hecho un adonis! Ten cuidado o las señoritas aquí presentes te darán un buen mordisco en el trasero —avisó guiñándole un ojo.

—¡Mamá! —gritó Anny indignada por que su madre se refiriera a ella de esa manera.

—¡Señora! —exclamó Jared rojo como un tomate.

—No les hagas caso, siempre están igual —dijo Nur sonriéndole.

—¡Ja! Traidora, te has aliado con el enemigo —sentenció Anny sacándole la lengua a su amiga.

Nur cerró la boca, apretó las mejillas y logró resistir un segundo entero; luego estalló en una musical carcajada que rápidamente se le contagió a Anny. Sonia negó con la cabeza y se encogió de hombros mirando a Jared, como queriendo decir: «ya ves lo que tengo que soportar cada día».

Jared sonrió ante la familiar y entrañable estampa. Un segundo después, la alegría reflejada en sus ojos se tornó en desesperado anhelo al darse cuenta de todo aquello que le había faltado tanto tiempo. Durante toda su vida.

Cabeceó angustiado al sentir que deseaba con toda su alma pertenecer a ese grupito de personas, reírse con ellas, hablar con ellas, relacionarse con ellas. Dejar de ser invisible. Sacudió la cabeza, irritado consigo mismo. Él era quien era. Nadie.

No tenía derecho a estar allí, compartiendo ese momento especial con aquellas mujeres únicas.

—¡Chicas! Un poco de seriedad, por favor —dijo Sonia dando dos fuertes palmadas para llamar la atención de las amigas.

Nuria y Anny se pusieron serias, o al menos todo lo seria que se puede poner una persona con los ojos llenos de lágrimas por culpa de la risa.

—Muy bien, acércate —dijo señalando al joven. Este obedeció al momento—. Te he preparado una ruta, síguela —le indicó tendiéndole un plano y un cuaderno—. Las direcciones y los horarios de los clientes están apuntados en la libreta. De todas maneras, como tienes que traer las alfombras una por una, te veré a menudo durante la mañana, así que, si tienes alguna duda, no te la calles y cuéntamela. No quiero errores —advirtió—. ¿Entendido?

—Sí, señora.

—Bien, quítate la chaqueta y ponte esto —le tendió una cazadora de trabajo color naranja con el logotipo de la tintorería en uno de los bolsillos.

—¿Le vas a obligar a llevar… eso? —preguntó Nuria compadeciéndose del hombre.

—Va a parecer el butanero —estalló Anny en carcajadas.

—¡Pero bueno! Si no recuerdo mal, no hace mucho tiempo que vosotras teníais unas muy similares.

Esa frase cortó en seco las protestas y carcajadas de las chicas. Ellas mismas se habían visto obligadas a recoger y entregar alfombras, trajes y prendas varias con cazadoras similares, y recordaban perfectamente el ridículo que creían hacer.

—Eso está mucho mejor —asintió Sonia—. No les hagas ni caso; es una buena prenda, setenta por ciento algodón y treinta por ciento poliéster —informó con profesionalidad—. No se arruga, no sudas más de la cuenta con ella, no ensucias tu propia ropa y todo el mundo te reconoce como mi empleado.

Jared se la puso sin dudar. Le parecía estupendo llevar la cazadora de la tintorería, así no mancharía su nueva ropa. Se la acomodó dando suaves pasadas con la palma de las manos y, en un ataque de vanidad que no sabía que todavía tuviera en su interior, se volvió hacia un pequeño espejo que había sobre el mostrador y observó cómo le quedaba. Parpadeó asombrado. Sí. Parecía el butanero, pero también parecía un profesional. Irguió la espalda y asintió con la cabeza, complacido. Seguro que con esa prenda no sería invisible.

—Muy bien —comentó Sonia satisfecha—, estás guapísimo. —Nuria y Anny no pudieron evitar un par de risitas tontas—. Sí, señor. Te vas a llevar a las clientas de calle. Ahora, sonríe un poco. —Jared no pudo evitar obedecerla, las chicas seguían riéndose y haciendo aspavientos tras ella—. ¡Perfecto! Deja que te atuse un poco el pelo.

Jared dio un paso atrás, sorprendido, cuando Sonia le recolocó el cabello con manos firmes.

—¡Impecable! Estás listo para pasar a la acción. Haz bien tu trabajo, sonríe mucho, trata a los clientes como si fueran reyes y reinas —le aconsejó—, gánate su confianza y, si tienes suerte, te empezarán a llover encargos. Seguro —afirmó convencida—. Y recuerda, un cliente satisfecho es un cliente que regresa.

—Y que deja buenas propinas —terminaron la coletilla las dos amigas.

Jared no pudo evitar sonreír. Y Nuria no pudo evitar suspirar al ver su sonrisa.

El joven sacó la libreta, estudió la primera dirección, asintió con la cabeza y salió de la tintorería dispuesto a realizar su trabajo a la perfección.

Nuria le siguió.

—Te acompaño —declaró situándose a su lado.

Jared la miró confuso y asintió encogiéndose de hombros. Imaginó que Sonia le habría ordenado que le vigilase; al fin y al cabo, no era más que un vagabundo y era lógico que no se fiara de él.

—No abrimos la mercería hasta las diez, así que tengo toda una hora por delante sin nada que hacer —comenzó a parlotear la muchacha, incómoda ante el silencio del joven—. He pensado que te vendría bien un poco de ayuda para orientarte por el barrio.

Jared no respondió, se limitó a mirarla y asentir con la cabeza.

—Aunque recoger alfombras parezca fácil, no te creas que lo es. Casi todos los edificios tienen porteros y es complicado conseguir que te dejen entrar. Aunque como llevas el uniforme de la tintorería lo mismo no te ponen muchos problemas —le advirtió Nuria—. De todos modos, te viene bien que te acompañe, ¿verdad? —inquirió indecisa. Ya no le parecía tan buena idea acompañarle. No ahora, que se mostraba tan huraño.

Jared volvió la cabeza y la observó con atención. La muchacha tenía el rostro sonrojado y parecía preocupada.

—No voy a escapar con las alfombras —respondió cortante, mostrando un atisbo de su antiguo carácter.

No le gustaba que le vigilaran, entendía que era necesario para que confiaran en él. Pero le hubiera gustado más que le consideraran una persona honrada y digna de realizar el trabajo sin tener que aportar antes pruebas de ello.

—¿Cómo dices?

Nuria se detuvo en mitad de la calle cruzándose de brazos, enfadada. Jared cerró los ojos consciente de que su respuesta no había sido la más adecuada para ganarse la confianza de nadie.

—Lo siento. Ha estado fuera de lugar —se disculpó.

—Por supuesto. Escúchame bien, idiota. ¿Te crees que estoy aquí para vigilar que no le robes las alfombras sucias a Sonia?

—Yo…

—No he terminado —le interrumpió ella—. Mi única intención era hacerte el trabajo más fácil. Por si no lo sabes, me he pasado años recogiendo y llevando cosas a la tintorería. Conozco a cada portero, a cada clienta y cada atajo que puedes tomar para llegar antes. ¿Lo entiendes? Pero si no te interesa mi ayuda, dímelo y me largaré con viento fresco —aseveró enfadada.

—Pensé que te caía mal —replicó Jared.

—¿Perdona?

—Se me hace extraño que quieras acompañarme. Dejaste bien claro que no te gustaba y no te fiabas de mí —explicó Jared en la frase más larga que había dicho en meses.

—Oh. —Nuria se mordió los labios—. Eso era antes —se defendió la joven.

—¿Antes de qué?

—Antes de que me cayeras bien —afirmó resuelta a no dejarse intimidar por el hombre.

—Ah —repuso él sin saber qué decir.

—Ahora me caes bien y, por tanto, si mi presencia no te molesta, pretendo acompañarte. ¿Estás de acuerdo?

—Sí —contestó con una sonrisa iluminando sus normalmente serias facciones.

Nuria era una mujer muy hermosa. Cuando estaba con sus amigas era adorable, cuando se reía le hechizaba. Y cuando se enfadaba era… puro fuego.

Jared pensó, no por primera vez, cómo sería tenerla por amiga, poder tocarla sin impedimentos, hablar con ella como un hombre normal, no como alguien como él.

Ella había dicho que le caía bien; quizás algún día, en un futuro lejano…

—Déjame ver la primera dirección —dijo Nuria interrumpiendo sus pensamientos.

Él le tendió la libreta de notas sin dejar de observarla en silencio, mientras ella bajaba la cabeza para leer las anotaciones. Varios mechones de pelo castaño cayeron sobre su rostro, ocultándolo como si fueran cortinas de seda. Jared levantó una mano sin ser consciente de lo que hacía, deseando tocar ese precioso cabello, pero se detuvo en el último segundo. Nuria no se merecía que una escoria como él se atreviera a tocarla.

—Uf. Qué tenemos aquí. Tu primera recogida es en casa de... —Le miró sonriente—. Has tenido una suerte increíble —afirmó, aunque era consciente de que Sonia había programado esa primera visita a propósito—. Tu primera clienta es una mujer encantadora, no te va a dar ningún problema. Y suele dejar unas propinas impresionantes —asintió para sí antes de seguir leyendo—. Mmm, la siguiente es algo más complicada, siempre va con prisas, y te exigirá que le confirmes la entrega antes de una semana. Uf, de verdad que no entiendo a este tipo de personas —declaró retirándose el pelo de la cara con una mano—. ¿Por qué narices tiene prisa en tener algo que hasta octubre no va a volver a usar?

Jared se encogió de hombros con una sonrisa en los ojos.

—En fin, tú dile que sí a todo y que luego se ocupe Sonia si surge algún problema. Además, es una tacaña. No te comas el coco con ella, no merece la pena.

Jared no pudo evitar reír ante el último comentario. Nur lo miró sorprendida. Era la primera vez que oía su risa y era mágica, ronca, íntima, sensual. Lo observó ensimismada. No era el mismo hombre que hacía tres semanas. Sí, estaba igual de delgado y su rostro tenía las mismas ojeras de cansancio. Pero su mirada no se mostraba tan esquiva como antes, sus hombros estaban erguidos y sus labios... sus labios se habían estirado un par de veces esa mañana en un cálida sonrisa.

Ahora que la barba y las greñas no ocultaban su cara, podía ver que era un hombre muy atractivo. Destacaban en su rostro los labios bien definidos, la nariz digna de los antiguos patricios griegos, la frente amplia y, sus ojos... ¡Dios!

¿Cómo no se había fijado antes en esos ojos? De un gris tan claro que parecían de plata.

—¿Tengo algo en la cara? —le preguntó Jared, sobresaltándola.

Nuria lo miró indecisa, sin saber qué decir.

El hombre se restregaba las mejillas con los dedos una y otra vez, preocupado por si tenía alguna mancha del café o las pastas que había desayunado con Román. No quería causar mala impresión a las clientas.

—Eh… Sí. Tienes una manchita de chocolate aquí —mintió Nuria, acariciándole la comisura de la boca con un dedo.

La piel de Jared era suave y sus labios desprendían calor. Sin ser consciente de lo que hacía, Nuria se lamió los labios, a la vez que dejaba que sus pestañas cayeran, entrecerrando los ojos en un gesto tan sensual que el hombre no pudo evitar desear devorar su boca en ese mismo momento.

Jared dio un paso atrás, asustado, dispuesto a librarse como fuera del incontenible impulso que le incitaba a besarla.

Nuria carraspeó avergonzada, por un momento había estado a punto de darle un beso.

Jared miró al frente y comenzó a caminar hacia su próximo destino, pero apenas había dado dos pasos cuando se detuvo asombrado. Acababa de recordar algo. No había desayunado nada que tuviera chocolate.

Capítulo 5

Cuando una piedra cae al río crea múltiples ondas concéntricas
que se expanden en él. De la misma manera, cuando
alguien actúa con dignidad, amabilidad, empeño
y perseverancia, a su alrededor se crean ondas
de apoyo, cariño, confianza y lealtad.

Jared caminaba por la calle en dirección a ninguna parte. Acababa de entregar la última alfombra a Sonia y por el momento no tenía nada más que hacer. Se estaba planteando si acercarse o no a la mercería para saludar a Dolores y, para que engañarse, ver a Nuria, conversar y reírse con ella, sentirla cerca. Lo cierto era que esa mañana, en contra de lo que venía siendo habitual durante las últimas semanas, no habían coincidido y, sinceramente, la echaba de menos. Mucho.

—Oye, perdona —escuchó decir a alguien.

Jared se dio la vuelta, más por curiosidad que porque pensara que se referían a él.

—¿Eres Jared? —preguntó un hombre desde la puerta de la zapatería.

—Sí —afirmó observando al varón. Tendría más o menos su misma edad, unos veintisiete o veintiocho años. Era un tipo enorme, con un delantal azul que le cubría parte del torso y acababa un poco por encima de sus rodillas.

—Soy Darío, el zapatero remendón del barrio —se presentó bromeando—. Dolores me ha dicho que podrías estar interesado en algún trabajillo.

—Sí, claro. ¿Qué necesitas?

—Los cristales del escaparate están asquerosos —informó

Darío señalándolos con el dedo—. Normalmente los limpio yo, pero ahora con la crisis la gente prefiere arreglar los viejos zapatos en vez de comprar unos nuevos, lo que me viene estupendamente pero no me deja tiempo libre para hacer nada más. Así que ¿cuánto me pedirías por los cristales?

Jared observó el escaparate, era inmenso. Entornó los ojos, pensativo, calibrando sus opciones. Podía pedirle cierta cantidad de dinero a cambio de su trabajo, pero ni remotamente conseguiría el suficiente para comprar lo que realmente necesitaba.

—Unas deportivas nuevas —se aventuró a solicitar. Prefería eso antes que el dinero que pudiera ganar.

—Hecho —asintió el zapatero tendiéndole la mano—. ¿Cuándo puedes empezar?

—¿Tienes herramientas para limpiar los cristales? —preguntó Jared quitándose la chaqueta.

Desde que un par de meses atrás comenzara a ayudar a Sonia con los recados de la tintorería, su vida había dado un cambio radical. Ya no dormía en los cajeros automáticos o al aire libre, sino que lo hacía en una cama, en la habitación de la pensión más cutre de todo Madrid y con la compañía de otras cuatro personas que, como él, andaban bastante escasos de «efectivo», por decirlo de manera suave.

Sabía que esta afortunada situación no iba a durar eternamente, que llegaría el momento en que Sonia y las demás personas para las que hacía recados dejarían de necesitar sus servicios y él volvería a su antigua vida. Pero mientras tanto, pensaba aprovechar la coyuntura y dormir siempre que pudiera entre sábanas gastadas pero limpias y mantas agujereadas pero cálidas. La pensión no era el Waldorf Astoria, pero al menos estaba protegido por las noches y la cama no era tan dura como el suelo. Aunque también era cierto que cuando dormía en el suelo no se le clavaban los muelles del colchón. Pero bueno, prefería unos cuantos moratones por culpa de ese pequeño inconveniente a despertarse sobresaltado con una patada en los riñones propinada por el macarra de turno, cosa que ya le había ocurrido en alguna ocasión.

Dio un paso atrás y revisó con atención su «obra». Entornó disgustado los ojos al encontrar una pequeña mancha gris en la parte baja del escaparate. Se agachó y procedió a eliminarla con entusiasmo. Limpiar cristales quizá no fuera la tarea más importante del mundo, pero se había comprometido a dejarlos impecables, y él se tomaba muy en serio sus responsabilidades. Se irguió y repasó su trabajo. Sonrió satisfecho al comprobar que las lunas de la zapatería brillaban impolutas.

Se asomó a la puerta y llamó con un gesto a su esporádico jefe. El zapatero asintió satisfecho ante el trabajo realizado y le entregó unas deportivas nuevas.

Minutos después Jared caminaba contento con su nueva posesión en los pies; de hecho, parecía un niño con zapatos nuevos. Se dirigió hacía la mercería sin dejar de pensar en cómo había cambiado su vida gracias a las dos mujeres que la regentaban.

No era solo que ganara, hora a hora y con mucho esfuerzo, el dinero suficiente para dormir seguro y alimentarse un par de veces al día, aunque fuera a base de bocadillos. Era más que eso. Mucho más. Por primera vez en mucho tiempo se sentía útil, necesario.

Cada mañana al despertar, le parecía que el sol brillaba con más fuerza, que la gente era más amable y los sonidos de la urbe más melódicos. Quizá fuera porque estaba más seguro de sí mismo, o porque comenzaba a ver la vida a través de los ojos de una muchacha risueña, algo terca a veces, con muy mal genio y un corazón de oro. O porque sin haberlo imaginado siquiera, se encontró inmerso en la vida del barrio.

La primera semana solo había recogido las alfombras, pero con el transcurrir de los días, tal y como había vaticinado Sonia, la gente le fue conociendo, tomando confianza y haciéndole encargos, sobre todo las personas mayores.

Al principio fueron trabajillos que le eran transmitidos a través de Dolores. La anciana parecía tener contacto con toda la gente de su edad que residía en la barriada. Recados como llevar algunas barras de pan a dos o tres vecinas de un mismo portal, o recoger una bolsa del colmado y subirla a un cuarto piso sin ascensor. Tareas sencillas por las que sacaba alguna propinilla. Hasta que de repente, un día, sin esperarlo o intuirlo, entró en la onda de «radio barrio».

Una vecina le dijo a otra que la de más allá conocía a un chico dispuesto a hacer recados a cambio de poco dinero... y le empezaron a llover los encargos.

Una sonrisa soñadora acudió a su cara al recordar aquel día, no tan lejano.

Acababa de subir un paquete con material para labores de ganchillo a un tercer piso —sin ascensor— para una clienta de Dolores. La mujer le dio una pequeña propina y acto seguido le comentó que, en el portal de al lado, una amiga suya necesitaba un buen mozo que estuviera dispuesto a limpiarle los altillos de la cocina.

Jared no sabía si era un buen mozo, de hecho lo dudaba. Tampoco entendía a qué se refería exactamente con «los altillos». Aun así, no tenía nada mejor que hacer y acudió a ver si podía echar una mano.

Echó las dos.

Los altillos resultaron ser la parte de arriba de los muebles de la cocina y su trabajo consistió en subirse a una escalera, pringarse el pelo y los brazos de grasa y dejarlo todo bien limpio. Y ya que estaba puesto en faena, la buena señora imaginó que no le importaría pasar un poco el trapo a los cercos de las puertas. A cambio, Jared consiguió unos pocos euros, un plato rebosante de la fabada más rica que había comido en su vida y mucha información para Román.

Ese fue el pistoletazo de salida; desde entonces, cada día recorría el barrio, en algunas ocasiones cargado con alfombras y, en otras, simplemente paseando frente a los portales a la espera de que, con un poco de suerte, alguno de los porteros tuviera un recado para darle. Y debía reconocer que la suerte no le dio la espalda. Degustó, entre otras exquisiteces, la paella más deliciosa, las lentejas más sabrosas y las pechugas de pollo mejor empanadas del mundo. Amén de las pequeñas propinas que siempre acompañaban a cada manjar y que le permitían, junto con lo que ganaba con Sonia, pagar su apestosa habitación de la pensión.

¿Qué más podía pedirle a la vida?

Que una preciosa muchacha de ojos pardos y cabello castaño le mirara con algo más que un sincero cariño. Pero eso no podría siquiera soñarlo hasta que él fuera… normal. Hasta que tuviera un trabajo normal, una casa normal, una vida normal. Hasta entonces, no tendría nada que ofrecer y, por tanto, nada podría pedir ni desear.

—¡Muchacho! Estás en Babia —escuchó que decía la voz de Román seguida de un sonoro ladrido de *Scooby*.

—Hola, Román —le saludó Jared dándose la vuelta para quedar frente a la peluquería.

—¡Qué hola ni que ocho cuartos! Vamos, vamos, entra… —Miró a un lado y otro de la calle—. Te invito a un café —dijo un poco más alto para luego susurrar—. ¿Tienes algo para mí?

—¿Cómo dices? —contestó Jared con una sonrisa de oreja a oreja.

Había tomado especial cariño al viejo cascarrabias y su perezoso perro. Cada mañana desayunaba con ellos y los ponía al día de todos los sucesos acaecidos en el barrio. Casi podía asegurar que eran los momentos más divertidos de todo el día.

—No te hagas el tonto —siseó cerrando la puerta y colocando el cartel de cerrado—. Te he visto entrar en la zapatería. Cuenta, cuenta. ¿Es verdad que la hermana de Darío se va a casar con el zagal ese que la dejó preñada en las Américas?

—Pues…

Una hora después un divertido Jared se asomó a la entrada de la mercería. Hablar con Román era como hacerlo con un agente del FBI, no había información que se le resistiese.

—Hola, Jared —le saludó Nuria desde detrás del mostrador.

Jared inclinó la cabeza a modo de saludo y recorrió la tienda con la mirada.

—Dolores no está, se ha ido con unas amigas a pasar una tarde de chicas —le informó la joven al ver su mirada interrogante. Jared asintió—. No ha dejado ningún aviso para ti, así que imagino que tienes lo que queda de tarde libre.

Jared metió las manos en los bolsillos y se miró las deportivas nuevas. Incapaz de decir nada y sintiéndose idiota por no hacerlo. Nunca había sido un gran conversador, comportamiento que se había agravado con su estancia en la calle. Le costaba tomar confianza con las personas, abrirse a ellas. Pero poco a poco iba superando esa traba que tanto aborrecía de su carácter. Ahora podía mantener conversaciones más o menos coherentes con Dolores y Sonia. Román era harina de otro costal. El anciano era capaz de hacer hablar a un mudo, por lo que cuando estaba con él practicaba —quisiera o no— el difícil arte del diálogo. Y Anny, en fin, con ella no hacía falta decir nada, no dejaba tiempo suficiente como para abrir la boca. Pero, ah… Nuria. No era capaz de dirigirle más de dos o tres palabras seguidas. No porque no quisiera hablar con ella; todo lo contrario, deseaba con toda su alma fascinarla con una conversación inteligente y casual. Pero era imposible. En cuanto estaba ante ella, se sentía tan embriagado al escuchar su hermosa voz que se perdía en la profundidad de su hechicera mirada, y era incapaz de concentrarse para formar una frase más o menos coherente. Por tanto, prefería callar.

Con el resto de las personas del barrio se mantenía en un reflexivo silencio que, aunque le molestaba porque le hacía sentirse torpe, le permitía hacer su trabajo sin tener que esforzarse por lograr una conversación fluida.

Y esto que a Jared le resultaba tan incómodo, para el resto de las personas era una de sus mayores virtudes. Hombres y mujeres se sentían impelidos a llenar los silencios de la conversación, porque, aunque el muchacho no emitiera sonidos, preguntaba con la mirada, asentía con el rostro y hablaba con todo su cuerpo.

Ancianas hurañas que echaban a bastonazos a cualquiera que se acercase a ellas llamaban al joven para las tareas más imprevisibles con el simple propósito de compartir un café con una persona cariñosa y agradable que las escuchara. Hombres severos y de ademanes bruscos se sentaban en sus cómodos butacones y, mientras el joven limpiaba los cristales de las ventanas, le iban desgranando lo pérfidas que eran sus nueras con ellos. Y sin que Jared dijera una sola palabra, acababan convenciéndose de que quizá no fueran tan malvadas, que, quizá, si ellos pusieran un poco de su parte las cosas irían mejor.

Jared tenía la paciencia de escuchar con atención cada palabra que se mencionara en su presencia, de reflejar cada duda del interlocutor en su mirada, de asimilar cada pena y hacerla más llevadera. Y todo esto utilizando únicamente su mirada, sus manos y sus gestos.

En presencia de Nuria, no era su mirada o sus manos las que hablaban por él. Lo hacía su corazón y este le hablaba directamente al de la muchacha, burlándose de las palabras que jamás podrían alcanzar a expresar lo que él sentía al estar con ella.

Jared arqueó las cejas, se encogió de hombros, bajó de nuevo la mirada a sus pies y pensó desesperado algo que decir, cualquier cosa que le permitiera quedarse un rato más con ella para saborear su presencia.

—¡Vaya! —exclamó de pronto Nuria rompiendo el incómodo silencio—. ¿Deportivas nuevas? —preguntó saliendo de detrás del mostrador para acercarse a él.

—Sí —respondió con una enorme sonrisa satisfecha en los labios.

—¡Guau! Son preciosas. Estás que lo tiras, eh. ¿Dónde las has conseguido? —preguntó Nuria usando a propósito ese término. Intuía que Jared no podía permitirse comprar casi nada, y unas deportivas nuevas eran en ese momento un capricho prescindible—. Me encantan.

—He limpiado los cristales a Darío —respondió Jared. ¡Mierda!, pensó un segundo después. ¿No podría haber construido la frase un poco mejor? No, claro que no. De donde no hay, no se puede sacar, y las neuronas de su estúpido cerebro brillaban por su ausencia.

—¡Genial! ¿Qué más has conseguido? —indagó curiosa.

Jared volvió a mirar su nuevo calzado y se encogió de hombros.

—¡No! ¿Has limpiado el enorme ventanal de la zapatería y solo te ha pagado con las deportivas? ¡Argh! ¡Como le pille le voy a arrancar las orejas y se las voy a hacer comer a la plancha! ¡Será rata! —bufó Nuria apoyando las manos en las caderas.

—Son unas buenas deportivas

—No lo pongo en duda, pero el escaparate de la zapatería es enorme y te tiene que haber costado mucho trabajo limpiarlo.

Jared se encogió de hombros, apoyó el talón del pie izquierdo y levantó la punta para observar mejor su nuevo y flamante calzado.

—Son cómodas y tienen cámara de aire —informó él. Lo cierto es que estaba plenamente satisfecho con el pago obtenido.

Nuria resopló al ver que él no entraba en razón. Salió de detrás del mostrador y entró en la trastienda.

Jared la siguió. La encontró haciendo equilibrios sobre la punta de los pies, intentando colocar una caja de hilos en lo alto de la estantería. Sin mediar palabra se colocó tras ella, le cogió la caja de las manos y la ubicó en su sitio. Ella se dio la vuelta con una preciosa sonrisa en los labios que casi le paró el corazón.

—Lo que intento hacerte entender, cabeza de chorlito —Jared sonrió al escuchar el apelativo—, es que no puedes ir por ahí regalando tu trabajo —le aconsejó Nuria mientras se agachaba para coger otro paquete.

Jared se adelantó, levantó la caja y miró a la mujer interrogante.

—Ves, a esto es a lo que me refiero —le indicó señalando sus manos ocupadas—. Eres demasiado amable.

—Me gusta ser amable —afirmó él sonriendo.

Nuria observó sus labios distendidos y afables y pensó que el joven tenía la sonrisa más hermosa del mundo.

—Oh, Jared, me desarmas —suspiró—. Eres la mejor persona que he conocido nunca. Pero no es bueno para ti. La gente te ve tan servicial, que se aprovecha. Cualquier otra persona le habría cobrado a Darío un buen pico por limpiarle el escaparate, y tú solo le pides algo que él consigue a precio de coste.

—Si las hubiera comprado me habrían costado más de lo que habría conseguido por hacer el trabajo —le explicó él.

—Pero a Darío le han costado menos de lo que valen en realidad —rebatió Nuria.

—¿Y qué? Así los dos ganamos. Él se ahorra un poco de dinero y yo consigo unas deportivas a cambio de un trabajo por el que hubiera cobrado menos de lo que necesitaría para comprarlas.

Nuria le miró parpadeando. La verdad era que no había pensado en eso. Frunció los labios, incómoda por no llevar la razón.

—En fin, no vale la pena discutir contigo —se negó a dar su brazo a torcer.

Jared no pudo evitarlo, estalló en alegres carcajadas al ver su frente arrugada y sus ojos entornados. A su chica no le gustaba nada no tener la razón.

—Como se te caiga la caja me voy a enfadar —le avisó mirando fijamente el paquete que él aún tenía entre las manos.

El joven intentó disimular su sonrisa y lo colocó en su sitio, luego cogió los pocos que quedaban esparcidos por el suelo y terminó de disponerlos en sus correspondientes estanterías. Mientras tanto, Nuria se ocupó de barrer el suelo de la tienda y recoger los pocos objetos que había descolocados. Cuando terminó cerró la puerta con llave y se dirigió al mostrador para abrir la caja registradora y contar la escasa recaudación del día.

Jared se situó frente a la puerta, de espaldas a la muchacha. Sus hombros no eran muy anchos, ni sus brazos musculosos, pero en su rostro sereno se podía leer la determinación de protegerla en caso de que algún desaprensivo osara molestarla.

Nuria levantó la vista de las monedas y billetes y observó al hombre. Su cabello moreno se rizaba sobre el cuello de la camisa, su espalda se mantenía recta y erguida, sus piernas separadas. Algo había cambiado en él desde la primera vez que lo viera. Ya no parecía asustado ni miraba a su alrededor desconfiado. Incluso se reía de vez en cuando, pero en ocasiones, sobre todo cuando estaban los dos solos, su mirada se enturbiaba, como si de repente recordara algo que le hacía entristecer. Cuando eso sucedía, lo único que ella deseaba era borrar esa melancolía besando sus labios, acariciándole, mimándole. Pero no podía hacer eso. Estaba segura de que si lo hiciera él se avergonzaría poniéndose rojo como un tomate y comenzaría a mirar al suelo y carraspear.

Cuando terminó de contar todo el dinero, lo metió en un sobre que se escondió en el sujetador, tal y como su abuela le había enseñado, y acto seguido apagó todas las luces de la tienda menos el cartel que iluminaba el escaparate. En ese momento Jared abrió la puerta del comercio, esperó a que ella saliera y cerrara con llave y tiró de las rejas hasta cerrarlas. Luego se volvió hacia su amiga, sonrió acalorado y ahuecó el brazo para que ella se asiera a su codo, como si fuera un caballero de brillante armadura.

Nuria alzó la mirada al cielo, resopló y colocó la palma de la mano sobre su antebrazo. Era una de las pocas oportunidades que tenía para tocarle, no pensaba desperdiciarla.

Jared inspiró profundamente cuando los dedos de la joven tocaron su piel. Eran finos y largos, de pianista. Observó arrobado sus pulidas uñas pintadas de rosa suave y deseó lamerlas, descender despacio hasta los nudillos y acariciar el interior de su muñeca con la lengua. Carraspeó aturdido al comprobar que su entrepierna se estremecía con un ramalazo de placer. No era posible. A él ya no le funcionaba «eso»… ¿o sí?

—¿No llevas chaqueta? —preguntó Nuria interrumpiendo sus pensamientos.

Jared se mordió los labios dándose cuenta en ese momento de que, efectivamente, estaba en mangas de camisa, en camiseta para ser más exactos.

—La dejé en la peluquería —informó disgustado.

No solo había olvidado la chaqueta, también la mochila en la que transportaba todas sus pertenencias. Con las prisas por ir a la mercería y verla, escucharla, sentirla e inhalar su aroma, se había olvidado hasta de su vida.

—¡Qué despistado eres! —exclamó ella divertida, sin darse cuenta del gesto asustado del hombre—. No pasa nada, mañana cuando vayas a desayunar, e informar a Román —comentó como de pasada arqueando las cejas—, la recoges.

Jared asintió mirando al suelo cabizbajo, sus hombros se encorvaron y sus manos se escondieron en los bolsillos del pantalón. Esa noche tendría que buscarse un cajero automático o algún sitio similar para dormir. El dinero que había conseguido ese día estaba bien oculto en la mochila, y la dueña de la pensión no fiaba.

—Si quieres podemos pasar por la peluquería a ver si todavía está abierta —le propuso Nuria al ver su reacción.

Jared negó con la cabeza, sabía a ciencia cierta que Román ya se había ido. Él mismo le había ayudado a cerrar.

—Oh, vaya… —dijo Nuria comprendiendo su gesto e intuyendo por qué Jared necesitaba su mochila—. ¿Te hace falta…? —Hizo una pausa sin saber cómo decirle lo que quería sin que él se sintiera ofendido—. ¿Necesitas…?

—No —negó el hombre con rotundidad.

Él no pedía dinero. A nadie. No lo había hecho cuando estaba a punto de morirse de hambre y no lo iba a hacer ahora. Había dormido hasta hacía poco más de dos meses en la calle, no le pasaría nada por volver a hacerlo.

—Bueno, pues entonces vamos; no perdamos más tiempo —dijo Nuria tirando del brazo del muchacho.

Lo entendía perfectamente. En el poco tiempo que hacía que le conocía se había dado cuenta de que Jared no solo era buena persona, sino que además tenía un sentido del honor algo anticuado y un orgullo casi inquebrantable.

No aceptaba nada de nadie si antes no había dado algo a cambio.

Le miró de refilón, recordando el primer día que entró en su tienda. Esa fue la única vez que le vio aceptar algo a cambio de nada, y fue comida. Y a la semana siguiente regresó, quizá para pagar su deuda con trabajo, o puede que simplemente fuera en busca de otro plato de comida. Pero había vuelto y ella había tenido el privilegio de poder asomarse a su mente, ver la amabilidad y el cariño con los que se comportaba, la dignidad de sus principios, el esfuerzo y empeño que ponía en cada trabajo.

Era un buen hombre.

Un hombre de moral intachable.

Conocerle era lo mejor que le había pasado en la vida, y el muy idiota no se daba cuenta de ello, pensó enfurruñada.

Se aferró más fuerte a su brazo. La tarde estaba cayendo y el viento nocturno comenzaba a levantarse lanzando ráfagas de aire fresco sobre ambos. Ella iba abrigada bajo su rebeca de punto, pero él no, pensó acurrucándose contra su costado, intentando transmitirle un poco de calor. Se detuvo de repente, consciente de que la noche sería fría, y de que su acompañante, muy probablemente, tendría que dormir al raso, abrigado con una camiseta de manga corta.

Jared posó su mano sobre la de Nuria, que descansaba apoyada en su antebrazo. Presionó un poco los dedos y la observó atentamente. La joven se había detenido de repente, y lo miraba fijamente, asustada. Jared se puso en tensión y miró a su alrededor buscando el origen de la amenaza, pero no vio nada raro.

—¿Qué pasa? —susurró preocupado. Y luego quiso darse de cabezazos contra la farola más cercana por la frase tan cortante y estúpida que había salido de sus labios.

—Mmm... acabo de recordar que ayer robaron en mi portal —mintió Nuria.

Jared se volvió hacia ella con los ojos muy abiertos y posó las manos sobre sus hombros, preocupado.

—Un idiota se coló por la noche e intentó... —se detuvo pensativa.

No podía contarle nada muy llamativo, porque entonces Jared, que de tonto no tenía un pelo, se extrañaría de no haberse enterado por Román, y se lo preguntaría al día siguiente durante el desayuno. Y si el peluquero no estaba enterado de un robo en el barrio —cosa fácil, ya que no había ocurrido—, haría lo imposible por enterarse, y como era mentira lo descubriría y ella quedaría como una embustera, cosa que no era su intención. ¡Dios que jaleo!

Jared deslizó los dedos por las mejillas de la muchacha, dándole su apoyo en silencio, instándola a seguir hablando.

—Pues eso, el muy asqueroso se coló en el edificio, subió hasta la azotea y desde allí bajó con una cuerda hasta… —inventó a toda prisa— la terraza del sexto, y se coló dentro. Robó un par de joyas sin apenas valor y luego se largó, pero fue tan inútil que se tropezó en el último escalón del portal y despertó al portero. Este salió de su casa al oír el escándalo y el imbécil del ladrón se asustó al verlo y escapó corriendo olvidando la bolsa con las joyas en mitad del descansillo.

Jared asintió sin dejar de acariciar las mejillas de la muchacha y frunció el ceño en un intento por entender la maraña de frases que ella había dicho, extrañado de que Román no se lo hubiera contado esa misma tarde. Su amigo jamás se guardaba ninguna noticia para sí. Al contrario, las lanzaba a los cuatro vientos.

—La cuestión es que no lo sabe nadie —susurró Nuria al ver su mirada interrogante—. Los dueños del piso no quieren que se sepa en el barrio, porque… —entornó los ojos buscando una explicación plausible— porque… ¡les da vergüenza! Eso es. Piensan que la gente creerá que son tontos por no darse cuenta de que les estaban robando.

Jared entornó los ojos extrañado. Si no querían que nadie lo supiera, ¿cómo se había enterado ella?

—Lo cierto —se apresuró a explicar Nuria al verle dudar; casi podía leer en su rostro los pensamientos que circulaban por su mente— es que el portero se lo contó a mi abuela y ella a mí. Y se supone que yo no debía decir nada a nadie —insinuó mirándole.

Él asintió y dio un paso atrás. Nuria decidió seguir mintiendo un poco más al dejar de sentir su caricia sobre la cara.

—Pero yo me llevé un susto tremendo —afirmó.

Jared arqueó una ceja, incrédulo. No conseguía imaginarse a Nuria asustada. Más bien, se la imaginaba saliendo de casa con una sartén en la mano y amenazando al torpe ladrón.

—¡En serio! —exclamó—. No hago más que pensar en que alguien va a entrar en mi casa por la ventana.

—Eso no es posible —afirmó él poniéndose a su lado y comenzando a caminar de nuevo—. Vives en un bajo con rejas en las ventanas —le recordó sonriendo, sin darse cuenta de que había formulado la frase de manera correcta y con la extensión adecuada.

—Puede haber alguien esperándome en el portal —expuso—. ¿Quién te dice que no me han estado vigilando? Los ladrones actúan así, ¿sabes? Espían a la víctima, aprenden sus hábitos y luego la atacan. No es difícil averiguar que cierro cada día a la misma hora y que regreso a casa con la recaudación del día. —Aunque en el remoto caso de que alguien intentara robarle la miseria que ganaba cada jornada, ya se encargaría ella de darle una buena patada en las «joyas de la familia». Pero claro, eso no podía decirlo delante de Jared; se suponía que era una chica dulce y cariñosa, no una mala bestia, como la llamaba en broma su abuela.

—Estás conmigo —afirmó Jared mirando alrededor de nuevo en estado de alerta, dispuesto a espantar a cualquiera que intentara atacarla.

—Pero tú me dejas en el portal y te vas. Si hay alguien esperando dentro para robarme... —Dejó la frase en el aire y se aferró a la mano de Jared con fingido terror.

Jared se quedó petrificado sin saber qué hacer.

Nuria bufó para sus adentros. Su caballero de la brillante armadura era más cortado que una camiseta de Freddy Krueger. Le miró resuelta y pasó la mano por la cintura del hombre, luego se acurrucó contra él y simuló un escalofrío nada convincente.

—¿Por qué no me acompañas hasta la puerta de casa? —preguntó con la mirada asustada menos inocente del mundo.

Jared asintió con la cabeza sin dudar.

Nuria sonrió radiante.

Él intuyó que acababa de caer en una trampa, pero no consiguió imaginar de cuál se trataba.

Capítulo 6

¿Hay mayor regalo para el corazón que anhela que
el ser correspondido por la persona anhelada?

*P*asearon cogidos de la mano por las calles del barrio, Nuria acurrucada contra él, sonriendo complacida por el hecho de que su precipitado y alocado plan hubiera resultado ser tan sencillo de llevar a cabo.

Jared por su parte caminaba como en una nube. No le molestaba la fresca brisa de la noche; todo lo contrario, la agradecía. Enfriaba su piel, que en esos momentos estaba a punto de entrar en combustión. Su amiga estaba pegada a él y su cuerpo era tan dulce y suave que parecía estar hecho de algodón de azúcar. Volvió la cabeza hacia ella, intentando aparentar que lo hacía por casualidad, no por necesidad. Rozó con sutileza su preciosa melena castaña con la barbilla e inhaló con disimulo su aroma. Olía a limón y azahar, y mandaba detalles de la personalidad de su dueña directamente al cerebro del hombre. Divertida, osada, impetuosa, gruñona... leal, firme, responsable. Entornó los párpados, y dejó que la esencia fluyera por sus venas y, un momento después, sin ser consciente de ello, bajó la cabeza hasta que su nariz se posó sobre el cabello de la muchacha, incapaz de resistirse a su embrujo. Cerró los ojos extasiado al sentir la suavidad sedosa sobre su piel. Una risita divertida lo sacó de su aturdimiento. Deslizó la mirada hacia el rostro de su amiga y vio una sonrisa pícara en su semblante.

—¿Te gusta mi colonia? —le preguntó con los ojos brillantes.

Jared asintió, notando cómo el rubor coloreaba sus mejillas al ser pillado in fraganti.

—A partir de ahora, siempre que esté contigo usaré este perfume —afirmó risueña. Jared parpadeó confuso—. Merece la pena pagar la millonada que cuesta solo por ver la expresión de tu cara cuando lo hueles —sentenció con ojos chispeantes.

Jared carraspeó incómodo, sin saber qué decir. Maldijo para sus adentros por ser tan... transparente. Esperaba que Nuria no se enfadara con él por haberse atrevido a hacer aquello.

—¿Sabes que tienes una facilidad increíble para ponerte colorado? —comentó divertida. Jared frunció el ceño y asintió. Sí que la tenía, pero solo ante ella—. Y ¿sabes que me encanta cuando te pones rojo como un tomate? —afirmó soltando una musical carcajada.

Jared rio con ella y, sin pararse a pensarlo, rodeó la estrecha y femenina cintura con una de sus manos y la acercó a él para a continuación depositar un casto y dulce beso en su rostro, en el preciso lugar donde la mandíbula se juntaba con la oreja.

Nuria le miró sorprendida; era la primera vez que él tomaba la iniciativa, aunque fuera en algo tan inocente como aquello.

El joven pestañeó aturdido y soltó inmediatamente su agarre, avergonzado por su comportamiento tan atrevido. Nuria era su amiga, nada más. Los anhelos que él albergaba en su corazón debían permanecer ocultos. Si ella llegara a imaginar lo mucho que deseaba estar a su lado cada segundo del día, acariciar su cuerpo y besar sus labios, huiría asustada... o, mejor dicho, le golpearía en la cabeza con un bate de béisbol —su chica jamás huía ante nada, más bien atacaba—. Nuria nunca le permitiría acercarse a ella de esa manera. No mientras él siguiera siendo un pobre vagabundo sin un trabajo decente con que ganarse la vida y un lugar adecuado al que poder llamar casa. Y aunque ella se lo permitiera, él tampoco osaría siquiera intentar ser algo más que un buen amigo. La respetaba y quería demasiado como para introducirla, más todavía, en su desahuciada vida. Ella merecía algo mejor que un inútil sin techo.

Nuria entornó los ojos al ver que él se distanciaba de ella, y no solo físicamente. No sabía exactamente qué pensamientos asediaban la cabeza de su amigo, pero estaba segura de que no eran buenos y que tenían mucho que ver con su situación actual. Bufó, enfadada con él por ser tan idiota de pensar que ella podría rechazarle por no tener trabajo o casa. Ella no era tan superficial.

—¡Oh, vamos, no seas tonto! —exclamó irritada un segundo antes de posar sus delicadas manos sobre las mejillas del joven.

Jared se quedó paralizado ante el suave e inesperado contacto, y Nuria, que nunca desaprovechaba una oportunidad, se lanzó de cabeza a por lo que quería. Se puso de puntillas sin soltar los pómulos del hombre y acercó sus labios lentamente a los de él.

Cuando ella posó su boca sobre la de él, Jared no supo qué hacer exactamente: salir corriendo asustado, derretirse entre sus manos extasiado o aullar a la luna agradecido.

Nuria tomó la decisión por él. Lamió con suavidad la comisura de sus labios hasta que él los entreabrió. Penetró con su lengua la boca del hombre, tentó el cielo del paladar, recorrió sus dientes y acarició el interior de sus mejillas.

Un gruñido gutural surgió de la garganta masculina en el momento en que su cerebro por fin reaccionó a la vorágine de sensaciones, obligando al hombre a reaccionar.

Jared respondió, al principio con tímidos pero certeros envites de su lengua, que se fueron volviendo más feroces con cada roce de la de su amiga. Se frotó con énfasis contra el húmedo órgano, succionándolo y mordisqueándolo, presa de un dulce frenesí que no tuvo fuerzas de ignorar. Ancló los dedos a la cintura femenina y tiró de ella, pegando los perfectos y henchidos pechos a su duro torso.

Nuria respondió a su ataque inclinando la cabeza para permitirle un mejor acceso al interior de su boca.

Él se volvió loco. Literalmente.

Paladeó vehemente su sabor. Absorbió su lengua sin dejar de inhalar profundamente, intentando anegar sus fosas nasales con el aroma fresco que emanaba de su mujer. Incapaz de contenerse, deslizó sus callosas manos bajo la ropa femenina y recorrió su espalda desnuda con dedos ávidos, apretándola contra él, friccionando su abultada erección contra el vientre de la joven.

Ella respondió aferrándose a sus hombros y presionando más todavía sus pezones erectos contra el torso del hombre, rozándolos con fuerza contra él.

Jared sintió el borde del sujetador contra sus dedos y recorrió la prenda hasta llegar a las copas colmadas por los gloriosos senos. Acarició con los nudillos la sedosa piel que asomaba sobre la tela y gimió arrebatado. Era tan suave, tan dulce y delicada. Introdujo las yemas bajo el encaje y tocó el cielo. Los pezones de la muchacha se irguieron y fruncieron ante el leve roce. Todo el cuerpo de Jared ardió. Su pene se engrosó y abultó aún más bajo los pantalones, su piel se erizó, sus sentidos sobreexcitados lanzaron escalofríos a cada una de sus terminaciones nerviosas.

Nuria jadeó con fuerza al sentir el tentador contacto sobre sus pechos, y se pegó más a él, deseando que dejara de ser tan caballeroso y se los apretara y friccionara con más fuerza. Su sexo se encendía con cada caricia, empapando la tela del tanga, preparándose para algo más. Apretó con fuerza los muslos, intentando calmar el anhelo de su clítoris y arqueó la espalda, juntando su sensible pubis al pene erecto que se ocultaba bajo los pantalones del hombre. Se frotó contra él, jadeando y deseando más, mucho más.

Una carcajada inesperada rompió el sensual momento. Jared levantó la cabeza alerta ante el sonido. Miró a su alrededor y encontró a los instigadores de tan malvada interrupción. Una pareja de adolescentes caminaba hacia ellos por la acera. Iban cogidos de la mano, y hablaban y reían casi a gritos, inmersos en su propio mundo. Ni siquiera se habían percatado de su presencia, pero el momento se había roto. Jared comprendió, con pasmosa claridad, dónde estaban: en mitad de la calle, íntimamente abrazado a la mujer por la que moriría gustoso, afrentándola con sus caricias insolentes bajo las terrazas de todos los vecinos de la barriada. Dio un paso hacia atrás, jadeando avergonzado. Se había comportado como un verdadero salvaje sin escrúpulos, como la escoria que era. Llevaba tanto tiempo deseando fundirse con ella, sentir su piel contra la suya, que cuando le besó fue incapaz de contener a la bestia que llevaba en su interior. Y ahora pagaría por ello.

—Lo siento —se excusó sin encontrar palabras para explicarle lo arrepentido que estaba de su insultante comportamiento.

—¡No! No se te ocurra disculparte por lo que ha pasado —replicó ella volviendo a posar sus finas manos sobre las mejillas del hombre—. Ha sido precioso. Yo lo deseaba más que nada en el mundo. No te atrevas a arrepentirte porque si lo haces te perseguiré hasta el fin del mundo y te romperé la cabeza con un bate de béisbol —sentenció dándole un sutil beso en la comisura de los labios—. ¿De acuerdo?

Jared asintió en silencio, incrédulo ante la reacción de Nuria.

—Bien, ahora solo hace falta… mmm. —Entornó los ojos pensativa y un segundo después recorrió con los pulgares los labios del hombre, haciéndolos distenderse y sonreír—. Mucho mejor así, eres arrebatadoramente seductor cuando sonríes —aseveró con picardía.

Jared rio, sonrojado ante el piropo.

Nuria sonrió con picardía y llevó disimuladamente una mano a sus pechos para colocar bien el sobre del dinero dentro del sujetador. Él abrió los ojos al darse cuenta de por qué ella estaba haciendo eso. Un suave tirón de deseo recorrió su pene al recordar dónde habían estado sus dedos hacía escasos instantes.

—Listo. Y ahora, si me lleva usted hasta la seguridad de mi casa, le estaré eternamente agradecida —bromeó pasando el brazo por la cintura de su amigo.

Jared asintió complacido, deslizó sus dedos por la espalda femenina hasta llegar a la cadera y la miró interrogante. Ella arqueó las cejas y frunció los labios en un beso etéreo. Los dedos del hombre se anclaron posesivos en su cintura.

Y así abrazados continuaron camino hacia el hogar de Nuria. Indiferentes a todo lo que no fueran sus cuerpos, sus caricias disimuladas bajo la ropa y la sonrisa satisfecha en sus labios.

Capítulo 7

Hay tres cosas que nunca vuelven atrás: la palabra
pronunciada, la flecha lanzada y la oportunidad perdida.
Pocas flechas se lanzan hoy en día, pero demasiadas
palabras se pronuncian sin pensar y demasiadas
oportunidades se pierden por falta de valor.

—¿*P*or qué no entras un rato? —le preguntó Nuria frente
a la puerta de su piso, con las llaves en la mano.

—No me parece adecuado —respondió él mirando a su
alrededor. No creía que a Dolores le hiciera mucha gracia que
se metiera en su casa. Al fin y al cabo, por mucho que ella le
hubiera ayudado, él no dejaba de ser un sin techo.

—¿Por qué, por el amor de Dios, no te parece adecuado?
—inquirió Nuria frunciendo el ceño al observar la mirada
inquieta de Jared.

—No estaría bien.

—¡No digas chorradas!

Jared dio un paso atrás negando con la cabeza y Nuria decidió que tendría que tomar al toro por los cuernos. ¡Otra
vez!

—¿Y si hay alguien en casa? —preguntó parpadeando
con un gesto que quería parecer de estar asustada.

Jared inclinó la cabeza a un lado y entrecerró los párpados, pensativo.

—Cualquiera puede haberse colado dentro; ni mi abuela
ni yo hemos estado en todo el santo día y la cerradura es una
birria, se puede forzar con una radiografía sin ningún problema —explicó impaciente. ¡Por todos los santos del cielo!

Jared era el único hombre en el mundo capaz de rechazar la sugerente invitación de una mujer—. ¡Oh! Está bien, lárgate; no hace falta que me acompañes; ya entro yo solita, pero allá tú y tu conciencia si me pasa algo —replicó, dejando la amenaza en el aire, e insertó la llave en la cerradura.

Abrió la puerta con rapidez, olvidándose de fingir reparo o miedo, y se adentró en la casa con fuertes pisadas. ¡Hombres! ¿No querían protegerlas y cuidarlas? Pues, entonces, ¿por qué no lo hacían cuando más se les necesitaba? Escuchó la alegre carcajada de Jared tras ella, se dio la vuelta enfurruñada para cantarle las cuarenta y se encontró pegada a él. Estaba más cerca de lo que había pensado.

Jared la sujetó por los brazos y depositó un tierno beso en su frente.

—No te creo —susurró.

—¿Qué es lo que no crees? —preguntó cruzándose de brazos con gesto insolente.

—Que hayan intentado robar en el edificio.

—Pues mira tú por dónde, va a ser que no —se sinceró ella.

Jared enarcó una ceja, se estiró todo lo alto que era y metió las manos en los bolsillos del pantalón, esperando.

—De acuerdo, está bien. Mi abuela se ha ido con las amigas, cuando acabe el mercadillo irá al bingo, y llegará bastante tarde. Y, sinceramente, no me apetece estar sola en casa. ¿Estás contento?

Jared asintió satisfecho.

—Anda, pasa y ponte cómodo —dijo señalándole el salón con un gesto, a la vez que se adentraba en el estrecho pasillo que llevaba a las habitaciones—. Ahora vuelvo.

Nuria entró en su cuarto, se quitó apresuradamente la ropa y abrió de par en par las puertas del armario.

—¿Qué me pongo? —preguntó indecisa al aire.

No era una cuestión sencilla. Necesitaba algo lo suficientemente sugerente para que el vergonzoso y dubitativo hombre que la esperaba en el salón se volviera loco al verla. Pero no tanto como para que averiguara sus intenciones y saliera corriendo asustado. Algo informal que le hiciera sentir cómodo y a que la vez le tentara dejando intuir sus encantos. Aunque estos fueran más bien escasos, pensó irritada mirando sus pechos. ¡Ojala tuviera las tetas de Anny!, deseó para sus adentros. Con ese par de aldabas seguro que Jared caía rendido a sus pies. Pero de donde no hay no se puede sacar, y ella tenía que aprovechar lo que la naturaleza le había dado de la mejor manera posible.

Decidida a no dejarse vencer por el desaliento se vistió con rapidez y se dirigió al cuarto de baño dispuesta a usar todas sus armas de mujer.

Jared por su parte paseaba intranquilo por el salón. Le resultaba muy extraño estar ahí, sintiéndose como en casa. El salón estaba decorado de manera sencilla pero agradable. Un mural de cerezo ocupaba una de las paredes; en la otra había un ventanal enorme que, de haber sido un piso más alto, conduciría a la terraza. Un sofá rinconero de cinco plazas ocupaba otra pared y, en la que quedaba libre, estaba situada la puerta. A su lado había una vitrina de cristal desde el suelo hasta el techo, y colocadas con cuidado sobre las baldas había unas cuantas fotografías en blanco y negro enmarcadas en aluminio blanco. Se acercó a ellas curioso. En una de ellas, una niña pequeña, vestida con un diminuto biquini, paseaba con un cubo y una pala en las manos por la playa. En otra, esa misma niña, un poco más mayor, quizá con cinco o seis años, posaba feliz con un birrete de cartón en la cabeza y una enorme sonrisa mellada. Jared no pudo evitar sonreír al ver que le faltaban los cuatro dientes delanteros. Continuó su recorrido con la mirada. Dos adolescentes sentadas en la noria del parque de atracciones le saludaron desde el marco. Se acercó a observarlas detenidamente. Eran Nuria y Anny. Más allá, las encontró tumbadas en lo que parecía ser una hamaca de piscina, riendo divertidas ante la cámara.

—Mi abuela tiene alma de fotógrafa —comentó Nuria tras él.

Jared se dio la vuelta sorprendido y un jadeo involuntario escapó de sus labios.

Nuria estaba frente a él, vestida con un amplio pantalón de lino color crudo que comenzaba muy por debajo de sus caderas y acababa en sus preciosos pies descalzos. Se cubría el pecho, por decirlo de alguna manera, con un reducido top de algodón rosa palo que apenas dejaba nada a la imaginación. De hecho, Jared pudo comprobar de primera mano que no llevaba sujetador. Sus pezones erguidos así lo indicaban. Se había dejado el pelo suelto y alborotado, con varios mechones estratégicamente colocados para que le enmarcaran el rostro. Era la tentación hecha mujer. Y estaba al alcance de su mano. Dio un paso atrás, luego otro.

—Esta es de cuando empecé a andar —comenzó a explicar ella, a la vez que se apresuraba a tomarle del brazo para impedir su huida—. Y aquí estoy en la graduación de la escuela infantil… —continuó describiendo cada imagen.

—Solo sales tú en las fotografías —indicó él, olvidándose por completo del peligro que corría allí con ella.

—No, también Anny.

—Pero no hay ningún adulto.

—Era mi abuela quien hacía las fotos, por tanto no podía salir en ellas —comentó fijando su mirada en él—. Pero si lo que quieres saber es por qué no estoy con mis padres en ellas… En fin, a mi padre no llegué a conocerlo, dejó embarazada a mi madre y se largó en cuanto se enteró, y mi madre murió cuando cumplí dos años…

—Lo siento —dijo él posando una mano sobre la mejilla de la muchacha, intentando consolarla.

—Yo no. En cuanto nací mi madre me dejó a cargo de mi abuela y desapareció. Años después nos enteramos de que había muerto por una sobredosis. Jamás la he echado de menos —aseveró decidida.

—Ella se lo perdió —afirmó Jared—. Yo hubiera dado mi vida por conocerte cuando eras un bebé y haber sido tu amigo desde pequeño.

Nuria rio con ganas por la tremenda cursilería. O al menos lo hizo hasta que se dio cuenta de que Jared hablaba totalmente en serio.

—Anda, vamos, tengo tanta hambre que me comería un elefante —dijo tomándole de la mano y llevándolo hasta la cocina—. Este es nuestro rincón favorito —comentó al entrar—. Mi abuela hornea galletas y bizcochos ahí mismo —dijo señalando el trozo de encimera situado sobre el horno— mientras yo me siento aquí a esperar para probarlos —indicó la pequeña mesa y los taburetes que había en un rincón de la cocina.

—¿No la ayudas? —preguntó Jared extrañado. Nieta y abuela se compenetraban a la perfección en la mercería. Nuria trabajaba como la que más. Era raro que no ayudara a Dolores en la cocina.

—¿Ayudar a mi abuela a hacer sus pastas? ¡Tú estás loco! Si me atreviera a meter un solo dedo en la masa, me lo aplastaría con el cucharón de madera —rio guasona—. Te aseguro que no es la primera vez que lo hace.

Jared sonrió divertido imaginando a las dos mujeres en la cocina, una con el delantal puesto y amenazando a la otra por probar la comida anticipadamente.

—Siéntate, te voy a preparar una cena digna de un rey —declaró Nuria dándose la vuelta y abriendo la nevera.

Jared dio gracias al cielo por haber podido comer bien durante ese último mes, y sobre todo por las comidas caseras con las que día sí, día no llenaban su estómago las ancianas a las que ayudaba en las tareas de la casa. Si no hubiera sido por eso, en ese momento estaría de rodillas en el suelo, babeando. La nevera de Dolores estaba repleta de exquisiteces. Fruta, leche, filetes de ternera y pollo, tomates, lechugas, flanes y natillas caseras, medio queso de cabra, una barra de salchichón, una tartera con comida ya preparada, latas de refresco. Todo lo que había soñado durante los días en que su cuerpo se doblaba por la mitad debido al dolor de su estómago vacío.

Nuria cogió los filetes de pollo, un par de tomates, endibias, cebollas, aceitunas y queso feta. Sazonó la carne, la aderezó con especias y la preparó a la plancha mientras se ocupaba de crear la ensalada más deliciosa que Jared había visto en mucho tiempo. No es que fuera una ensalada digna de reyes; era simplemente que las manos de Nuria habían tocado las verduras y, solo con eso, a él se le hizo la boca agua.

—¿Te importa ir poniendo la mesa? —le preguntó sin volver la cabeza—. El mantel está en el segundo cajón, los cubiertos en el primero, y los platos y los vasos en el armario sobre el fregadero.

Jared se levantó de un salto, dispuesto a ser útil de una buena vez. Había estado tan ensimismado observándola que había olvidado preguntar si podía ayudarla en algo. Ojalá Nuria no pensara que él era un troglodita machista que no cooperaba en las tareas de la casa.

Colocó la mesa con absoluta precisión y se entretuvo en hacer cisnes con las servilletas de papel. Cuando hubo acabado situó uno sobre cada plato.

—¡Vaya! Son preciosos, eres un verdadero manitas —comentó Nuria guiñándole un ojo.

Jared se encogió de hombros quitándole importancia a la extraordinaria manualidad. Al fin y al cabo no eran complicados de hacer, no tenían tanto mérito.

—No hagas eso, Jared —le regañó ella.

—¿El qué? —preguntó él confuso.

—Encogerte de hombros restándote importancia. Eres una persona muy especial, y sabes hacer cosas maravillosas —afirmó poniendo la comida sobre la mesa—. No dejes que nadie te diga lo contrario, ni siquiera tú mismo —dijo acercándose a él y besándole con suavidad en los labios. Luego se sentó y cruzó las manos bajo la barbilla, esperando.

Jared asintió y comenzó a servir las viandas, seleccionando, sin dudar, los mejores pedazos para Nuria.

Comieron en silencio, pendientes el uno del otro, reflexionando sobre lo que había ocurrido entre ellos apenas media hora antes.

Jared estaba determinado a no volver a comportarse como una bestia salvaje, a respetarla y honrarla como se merecía. Estaba firmemente decidido a cortejarla como era debido. Pero para eso, primero tendría que conseguir un trabajo más o menos estable y un lugar donde alojarse que fuera suyo, alquilado, pero suyo, y que no compartiera con nadie más. Si lograba cumplir esas condiciones, pediría permiso a Dolores para ser algo más que un amigo para su nieta. Bajo ningún concepto quería decepcionar a la anciana que tanto había confiado en él.

Nuria, por su parte, estaba decidida a conquistar al vergonzoso y honorable joven. Era un hombre maravilloso, pero un poco antiguo y con la autoestima por los suelos.

La joven se lamió los labios, pensando una y otra vez en el beso que habían compartido en plena calle, añorando sus caricias y temblando por dentro de la necesidad de repetir la escena e ir un poco más allá. Pero no en ese momento ni en ese lugar. Jamás haría eso en casa de su abuela. Por consiguiente, había llegado la hora de buscar algún pisito de alquiler que no fuera muy caro y comenzar a vivir sola. Al fin y al cabo ya no era una niña. De hecho, ninguno de los dos eran niños, sino dos adultos, y no deberían avergonzarse por sentir lo que sentían. Ella necesitaba sus caricias y sus besos. Y los necesitaba ya.

Quería que él dejara de hacer el tonto y se lanzara, que la besara y abrazara con toda la pasión de que era capaz. Lo quería a su lado, cada momento del día. Quería que su sonrisa sesgada fuera solo para ella, que sus ojos profundos y sabios la miraran solo a ella. Y si eso significaba que era una mujer posesiva, perfecto. Sabía lo que quería, y quería a Jared en su vida.

Cuando acabaron de cenar Nuria le instó a que se quedara un rato más, y Jared, remiso a abandonar la agradable y adorada presencia de la muchacha, aceptó encantado.

Nuria tenía una idea muy clara en mente, pretendía robarle algún que otro beso y entretenerle hasta que llegara Dolores. Estaba segura de que, en cuanto su abuela regresara y ella le contara que Jared no disponía de dinero para pagar la pensión, su abuela se impondría a los estúpidos escrúpulos del hombre y le obligaría a quedarse a dormir.

Jared, por su parte, se había intentado convencer de que no sería buena idea dejar sola a Nuria. Pretendía esperar, muy respetuosamente eso sí, a que Dolores volviera y, en el momento en que la anciana pisara la casa, le explicaría los motivos de su estancia allí a esas horas, le pediría que perdonara su atrevimiento y se marcharía rogando para sus adentros no haberla decepcionado.

No se cumplió ninguno de sus planes.

Se sentaron en silencio en el sofá del salón, se miraron y, simplemente, no supieron qué decir.

Nuria pensó en encender el televisor, pero sinceramente no quería que ningún ruido molesto procedente de la serie de turno les distrajera. Así que se acomodó de lado y observó a Jared. Él estaba sentado muy recto, examinando los cuadros de la vitrina, y de vez en cuando su mirada cambiaba de rumbo y se dirigía al único retrato que había sobre el mueble.

Nuria sonrió, se levantó y fue a por él.

—Son mis abuelos cuando eran jóvenes —le explicó tendiéndole el retrato y volviendo a sentarse de lado, frente a él.

—Dolores era muy guapa.

—Sí. Era y es la mujer más hermosa del mundo.

—Tu abuelo parecía un señor muy serio.

—Uf, ni te lo imaginas. Era muy formal y circunspecto y siempre estaba dando órdenes. Lo malo es que el pobre esperaba que las cumpliéramos al pie de la letra, y nosotras jamás le hacíamos caso —comentó divertida—. Sus rasgos afilados, sus espesas cejas y el impecable mostacho le daban apariencia de severidad, pero en realidad era un pedazo de pan. Y yo hacía con él lo que me daba la gana —afirmó soñadora.

—Le querías mucho.

—Fue el mejor abuelo del mundo.

Jared asintió pensativo. Su mirada se clavó en el retrato, y sus dedos dibujaron con lentitud el contorno de la pareja fotografiada, deteniéndose una y otra vez en los rasgos de las caras y las manos unidas.

—¿Echas de menos a tus padres? —susurró Nuria acercándose a él.

Jared dio un respingo ante la pregunta; él jamás le había hablado a nadie de sus padres, pero Nuria parecía conocer cada uno de sus pensamientos. Desvió la mirada al suelo a la vez que negaba con la cabeza.

—¿Dónde están? —preguntó ella posando una mano sobre el brazo del hombre.

Él se encogió de hombros.

—¿Hace mucho que no los ves?

El joven la miró con los ojos entrecerrados y la cabeza inclinada a un lado, reflexivo.

—Oh, vamos, no soy idiota. Si tuvieras alguna relación con tu familia no habrías acabado…

—En la calle —finalizó Jared la frase por ella.

—No iba a decir eso —replicó acariciando el antebrazo del joven—. Si tu familia hubiera estado a tu lado no hubieras acabado solo, sin ningún apoyo, perdido entre las calles de Madrid.

—No. No tengo familia.

Nuria fijó su mirada en la de su amigo y esperó. Cuando Jared hacía eso, siempre le daba resultado; quizás a ella también se lo diera.

—Me crié en una residencia para menores en situación de desamparo. No tengo ni idea de quiénes son mis padres. Creo que me dejaron en la puerta de alguna iglesia o algo por el estilo —explicó encogiéndose de hombros y restándole importancia.

—No sabes cuánto lo siento —dijo Nuria acurrucándose contra su pecho.

—¿Por qué? Era un buen sitio. Me dieron estudios, me alimentaron y vistieron. Tenía buenos amigos y un techo sobre mi cabeza y, durante varios veranos, distintas familias de acogida me llevaban a sus casas. Disfrutaba muchísimo durante ese tiempo, lo malo era cuando tenía que separarme de ellos. Era horrible —confesó abrazándola—. Recuerdo con claridad lo mucho que anhelaba quedarme con esas personas, pero no era posible.

—¿Por qué? —susurró Nuria. Jared se encogió de hombros.

—No lo sé. Nadie nos explicaba nada. Cuando cumplí

trece años me negué a ser acogido de nuevo. Así que en verano me mandaban a campamentos donde me lo pasaba genial —declaró sonriendo— e íbamos al río, a la montaña... Una vez incluso fuimos a la playa. Fue mágico. Cuando cumplí los diecisiete conseguí un trabajo de ayudante de albañil, alquilé una habitación junto con otros compañeros y abandoné el centro el mismo día que cumplí la mayoría de edad.

—Desde entonces has estado buscándote la vida.

—Sí. Al principio no fue nada complicado. El *boom* inmobiliario, ya sabes. Pero hace tres o cuatro años el trabajo comenzó a flojear y todo se hizo más difícil. Conseguí algunos trabajos sin asegurar y muy mal pagados. Agoté el paro y aquí estoy. —Volvió a encogerse de hombros.

—A mi lado —susurró ella acercándose lentamente a él y besándole en la boca.

Jared dejó caer sus párpados y le devolvió el beso. Fue un ósculo lento, cariñoso, casi inocente. Los labios se encontraron y jugaron, aprendiendo cada línea y recodo del contrario. Pero no pasaron de ahí. Jared tragó saliva e intentó alejarse de la suavidad tentadora de la mujer, pero ella no se lo permitió.

Nuria pasó una de sus piernas sobre los muslos del hombre, se montó a horcajadas sobre él y volvió a besarle, en esta ocasión con menos dulzura y más pasión. Deslizó la lengua sobre la comisura de su boca, presionando hasta que él le permitió la entrada. Recorrió el húmedo y cálido interior hasta que él reaccionó succionándola y lamiéndola con igual fruición.

Jared enterró los dedos en la cintura de la muchacha e intentó apartarla con delicadeza. Lo que estaban haciendo no estaba bien. Se encontraban en casa de Dolores, en su comedor, sobre su sofá. Le estaban faltando el respeto, y él era muy consciente de ello, pero no pudo separarse de Nuria. En vez de alejarla, tiró de ella pegándola más a él. Un beso más, pensó, solo uno más y luego pararé.

Pero no paró.

Se perdió en las sinuosas formas de la muchacha, olvidó

hasta su nombre cuando ella comenzó a moverse contra él. Creyó morir cuando sintió sus finas manos posarse sobre su pecho por encima de la camiseta y comenzar a trazar finas líneas de pasión con las uñas. Jadeó extasiado y no pudo evitar arquear la pelvis, y presionar su tremenda erección contra el pubis envuelto en lino de su princesa.

Nuria respondió arrugando en sus puños la molesta camiseta y subiéndosela con rapidez hasta quitársela. Le recorrió con los labios la mandíbula, mordisqueó con sutileza la nuez de Adán y lamió lentamente sus estilizados pectorales hasta llegar a las pequeñas tetillas cubiertas de vello. Jugueteó con los dientes sobre ellas, haciéndole gemir de placer. Trazó con la lengua un húmedo sendero hasta su ombligo; se internó en él, presionando y succionando, y volvió a subir con deliberada lentitud hasta su clavícula.

Jared echó hacia atrás la cabeza, mostrándole deliberadamente la extensión de su cuello, rindiéndose a sus caricias.

Nuria no desaprovechó la oportunidad de decorar su piel con sensuales chupetones.

Jared negó con la cabeza, perdido por completo en el placer que ella le proporcionaba. Sus manos continuaban ancladas a la cintura femenina, anhelando recorrer la delicada piel de su espalda, acariciar los perfectos pechos, solazarse con los fruncidos pezones. Pero con el poco raciocinio que aún le quedaba, mantenía un férreo control sobre ellas, impidiéndose a sí mismo llevar a cabo sus más ansiados deseos. Gimió frustrado cuando los labios de la muchacha se apartaron de su piel. ¡Aún no! Quiso gritar. Un beso, solo otro más, por favor. Abrió los ojos, desconcertado al sentir el cuerpo de Nuria separarse del de él. Un jadeo desesperado escapó de su garganta ante la visión paradisíaca que se mostraba ante sus ojos.

Nuria estaba erguida, sentada a horcajadas sobre sus muslos, mirándole seductora mientras se quitaba muy despacio el top que cubría sus increíbles pechos. Todos los músculos del hombre se tensaron cuando los preciosos globos gemelos fueron asomando poco a poco bajo la tela. Su pene saltó impaciente contra sus pantalones, todo el vello de su cuerpo se erizó, cada una de sus terminaciones nerviosas estalló.

Nuria terminó de quitarse la molesta prenda, la tiró indolente con un giro de muñeca y lo miró desafiante. Jared tenía los ojos muy abiertos y los labios apretados en una fina línea mientras las aletas de la nariz se expandían y contraían con rapidez debido a su respiración agitada. Sonrió felina y se acercó con parsimonia hasta que sus pezones quedaron a la altura de la boca del hombre.

—No deberíamos... —susurró él entre jadeos—. Tu abuela...

Nuria entornó los ojos, irritada. Se estaba cansando de tanta caballerosidad arcaica.

—Como quieras —siseó comenzando a levantarse del regazo del hombre.

—¡No! —exclamó él—. Un beso, solo uno más... —suplicó, más para sí mismo que para ella.

Deslizó sus callosas manos por la espalda femenina, pidiéndole en silencio que volviera a acercarse a él. Ella se lo concedió. Se aproximó casi asustado a su divino busto y lamió con la punta de la lengua uno de los pezones. Cerró los ojos deslumbrado al sentir su sabor, abrió los labios hasta abarcar en ellos la areola y succionó con ternura. Paladeó el gusto exquisito de su piel. Inspiró profundamente, en un intento por reunir la fuerza de voluntad necesaria para alejarse de ella. Pero no llegó siquiera a intentarlo.

Nuria le asió el cabello con sus delicados puños, instándole a darse un festín con sus pechos a la vez que comenzó a balancearse sobre su erección.

Jared perdió el poco control que apenas acababa de recuperar y se lanzó con deleite sobre la piel expuesta. Sus manos abandonaron su anclaje en la cintura y recorrieron ávidas las formas femeninas. Siguieron la línea de la columna vertebral, acariciaron los hombros, rozaron con sutileza las axilas y se posaron sobre sus pechos. Los tentó, amasó y sopesó embriagado por su sedoso tacto. Sus labios buscaron los de la mujer y la besó con dedicación absoluta mientras ella recorría a su vez los contornos del torso masculino, para después jugar sobre la delgada flecha de vello que descendía hasta la cinturilla de los pantalones, y colarse bajo estos.

Jared se olvidó de respirar cuando los suaves dedos femeninos rozaron la expectante piel de su glande, y gimió con fuerza cuando continuaron bajando, acariciando cada vena que se marcaba en el tallo de su pene hasta quedar por fin posados sobre los testículos tensos. Elevó las caderas, vehemente, cuando ella frotó la palma contra su polla impaciente y emitió un rugido descarnado cuando la acogió en la mano y comenzó a masturbarlo.

Incapaz de permanecer inmóvil, apresó uno de los exquisitos pezones y lo succionó con fuerza mientras se dedicaba a acariciar y pellizcar el otro con suavidad. Cuando ella aumentó la rapidez de su mano, Jared deslizó las propias hasta tocar el vientre liso y tentador de su amiga; rozó la cinturilla del pantalón de lino y se detuvo, estupefacto por su osadía.

Abrió los ojos asustado por haberse atrevido a tocar su cálida piel e intentó retirarse.

Sin dejar de masturbarle, Nuria le miró a los ojos decidida; llevó la mano que tenía libre hasta la de Jared y aferró su muñeca, obligándole a deslizarse hasta donde tanto necesitaba.

Jared creyó morir al sentir en las yemas el tacto sedoso del monte de Venus de su amada. Su corazón latió acelerado y sus labios se abrieron en un gemido silencioso, pero no continuó bajando.

Nuria gruñó su frustración, le empujó el brazo exigiéndole más y él obedeció agradecido. Sus dedos resbalaron indecisos hasta tocar el fino vello que apenas se intuía en el pubis; tragó saliva, atónito, al sentir la humedad que impregnaba el sexo de la muchacha para él. Solo para él. Dejó que el dedo corazón se internara en los pliegues femeninos, rozó con cuidado el terso clítoris y la sintió estremecerse. Volvió a tocarlo, esta vez con mayor énfasis. Ella jadeó y aceleró el ritmo con que le masturbaba el pene, haciéndole llorar lágrimas de semen. Jared dejó de pensar y penetró con el índice la vagina a la vez que frotaba con el pulgar el tenso y erguido botón.

Nuria se inclinó contra el hombre y comenzó a balancearse sobre la mano que hacía estragos en su sexo, a la vez que sus dedos recorrían veloces la verga a punto de explotar.

Jared introdujo índice y corazón en el interior de su mujer sin dejar de friccionarla con el pulgar. La sintió temblar contra la palma de su mano, escuchó el grito dulce y ahogado que brotó de su garganta cuando su vagina le oprimió los dedos. Y sin poder esperar un segundo más, echó la cabeza hacia atrás y rugió su propia culminación cuando el impetuoso esperma abandonó su glande y cayó sobre la piel de su abdomen.

Nuria se desplomó desmadejada sobre el cuerpo lánguido de su amado. Su frente apoyada en la de él, sus labios a un suspiro de los de él.

Jared cerró los ojos y la besó, pensando que ese era el momento más maravilloso y especial que había vivido en toda su vida. La abrazó con fuerza, manteniéndola pegada a él, temiendo perder su contacto, su calor. Si al día siguiente moría, lo haría satisfecho de haber podido compartir ese instante con la mujer que amaba por encima de todas las cosas.

Inspiró profundamente y continuó abrazado a ella con los ojos cerrados, temeroso de abrirlos y descubrir que lo que había pasado entre ellos había sido solo un sueño.

—¡¿Qué está pasando aquí?! —escucharon la voz de Dolores en la entrada del salón.

Capítulo 8

Dicen que cuando se cierra una puerta se abre una ventana.
A veces la ventana que queda abierta conduce al precipicio más
profundo, al abismo más oscuro.
Saltar por esa ventana es la opción más aterradora. Pero
tras el salto, en algunas ocasiones, la oscuridad se convierte
en un arcoíris brillante que te conduce, como si de un
puente se tratara, a la consecución de tus deseos.

*N*uria movió la cabeza, atónita, al escuchar la voz de su abuela. Dolores estaba inmóvil en la puerta del salón. De una de sus manos colgaba el top que ella, tan indolentemente, había tirado.

Jared parpadeó aturdido al ver a la anciana frente a él, mirándole como si fuera la escoria que él sabía que realmente era. Había tocado de manera indecente a su nieta, en su propia casa. Había acariciado su cuerpo con lascivia, sin importarle la grave falta de respeto que estaba cometiendo contra la persona que más había hecho por él en los últimos años. Gratuitamente, sin pedir nada a cambio, ayudándole a recuperar su vida y su dignidad perdida con cariño, afecto y apoyo. Y él se lo pagaba así. Como la basura que era. Como el ser depravado en que se había convertido.

Buscó a tientas su camiseta para intentar cubrir con ella la desnudez de Nuria, pero no hizo falta; Dolores lanzó con abrumadora precisión el top arrugado sobre el sofá, al lado de su nieta, y se dio la vuelta.

—Cuando acabéis de vestiros venid a la cocina, quiero hablar con los dos —ordenó sin mirarlos.

Nuria se mordió los labios, compungida, y comenzó a vestirse en silencio.

Jared se puso la camiseta, ocultó como pudo la mancha que se marcaba en sus pantalones y se dirigió a la cocina sin esperar a Nuria.

—Dolores, lo siento —dijo fijando su mirada en los ojos de la anciana—; ha sido culpa mía. No sé cómo… se me fue de las manos.

—No digas chorradas, Jared. Por supuesto que no es culpa tuya, yo te incité, ¿recuerdas? —refutó Nuria entrando con paso decidido y mirando a su abuela sin parpadear.

—No. Ha sido culpa mía, no supe contenerme —rechazó él—. Estoy francamente arrepentido, sé que lo que he hecho no tiene perdón, me he comportado como un salvaje…

—¡Eh, para el carro! —exclamó Nuria clavando un dedo en el pecho de Jared—. No hemos hecho nada de lo que debamos arrepentirnos. Y como se te ocurra siquiera pensar en eso, te juro que te arranco la cabeza y la cuelgo del cuadro en la pared —amenazó irritada. Bastante tenía con bregar con su abuela, como para encima consentir que la autoestima y el respeto que Jared comenzaba a sentir hacia sí mismo cayeran por los suelos.

—Pues yo creo que sí que tenéis mucho de lo que arrepentiros, jovencita —la regañó Dolores severa.

—¡Abuela! Ya somos mayorcitos.

—¡Pero esta es mi casa, y yo no os he dado permiso para hacer… «eso»! —gritó enfadada Dolores.

—¡Vamos, abuela, no ha pasado absolutamente nada!

—¿¡Me tomas por tonta!? ¡Te has creído que no tengo ojos en la cara! ¿O acaso has pensado que soy tan idiota como para hacer la vista gorda? Te conozco, has pensando que como apreciaba sinceramente a Jared no me enfadaría, pues estás muy equivocada. Y tú, jovencito —dijo mirando al hombre—, sal de mi vista ahora mismo, antes de que haga algo de lo que pueda arrepentirme.

Jared asintió con la cabeza. Un nudo se había instalado en

su estómago al apreciar el uso del pretérito al referirse a su cariño por él. Abrió la boca para intentar disculparse de nuevo.

—¡Fuera de mi casa! —gritó la anciana al ver su ademán.

El hombre encorvó la espalda, agachó la cabeza y dándose media vuelta abandonó la cocina.

—¡Abuela! —gritó Nuria indignada—. ¡Jared! —le llamó siguiéndole hasta la puerta—, no le hagas caso; ahora está muy enfadada, pero mañana se le habrá pasado y lo hablaremos con tranquilidad.

—No, Nuria; tu abuela tiene razón, soy escoria. No debería haberme aprovechado de ti.

—Oh, por favor, no digas tonterías —rechazó ella.

—¡Nuria, ven aquí ahora mismo! —escucharon el alarido indignado de Dolores desde la cocina.

—¡Ahora voy! —exclamó la interpelada para luego mirar a Jared a los ojos—. Quédate a mi lado. No te vayas. Prométemelo.

Jared desvió la mirada, incapaz de obedecerla.

—Jared, por favor —suplicó ella tomándole de las mejillas y obligándole a mirarla—. Puedo solucionarlo. Mi abuela y yo cuando discutimos nos alteramos mucho, pero se nos pasa rápidamente y luego somos capaces de comportarnos como seres humanos —bromeó apesadumbrada al ver los ojos afligidos del hombre—. Prométeme que no te marcharás.

Jared asintió con la cabeza en el mismo instante en que Dolores volvió a llamar a su nieta.

Nuria se dio media vuelta guiñándole un ojo y desapareció en la cocina.

Él esperó hasta escuchar los murmullos indignados de ambas mujeres, claro indicativo de que estarían tan ocupadas discutiendo que no oirían el chasquido de la puerta al cerrarse. Miró a su alrededor una última vez, inspiró con fuerza para grabar el aroma de Nuria en su alma, abrió despacio la puerta y, como el cobarde mentiroso que era, huyó incumpliendo su promesa. Bajó con rapidez los escalones que daban al portal, salió a la calle y dejó que el aire frío de la noche calmara su ardiente piel.

Había metido la pata hasta el fondo.

Había corrompido la confianza que la anciana depositara tan inocentemente en él y, no contento con eso, había abusado del afecto de Nuria, la mujer que amaba, aprovechándose de ella vilmente, como la bazofia que era.

Tan arrepentido que apenas podía respirar, caminó dando tumbos por las tétricas calles. Debería buscar un lugar donde dormir, pensó, pero a la vez supo con diáfana claridad que no lo haría. Esa noche sería incapaz de cerrar los ojos, consciente de que, en el momento en que lo hiciera, evocaría el tacto exquisito de la piel de Nuria, sus curvas suaves y voluptuosas, su sabor dulce y excitante. Recordaría anhelante el placer que ella le prodigara, el cariño salvaje que había sentido hacia la mujer más maravillosa del mundo y la dulce agonía del éxtasis entre sus manos.

Cerró los ojos para evitar que la humedad que sentía en ellos fluyera hasta sus mejillas. El rostro decepcionado de Dolores se dibujó en el interior de sus párpados. Sus palabras desencantadas, su gesto desdeñoso y la certeza ineludible de saber que le había hecho daño asolaron su mente.

Negó bruscamente con la cabeza. No, no podría dormir en paz esa noche, ni ninguna otra. Caminaría sin rumbo fijo hasta agotar su cuerpo y su mente, y al amanecer acudiría a la peluquería a recoger su mochila. Se mordió los labios, avergonzado al pensar que probablemente Román estaría al tanto de lo ocurrido cuando le viera a la mañana siguiente. Dolores y él eran grandes amigos, seguramente ella le llamaría para desahogarse y ponerle sobre aviso sobre la escoria mentirosa que habían adoptado como amigo. Se imaginó al anciano volviendo el rostro para no tener que sufrir la ignominia de mirarle a la cara; vio a *Scooby* sentarse de espaldas a él, aborreciéndole como solo un perro puede hacerlo. Estuvo tentado de no volver a por la mochila, pero se negó en rotundo. Podía ser una basura, un ser deleznable, pero no era un cobarde. Iría, recogería sus cosas y pediría disculpas a Román por haberle decepcionado; luego acudiría a la tintorería y haría lo mismo con Sonia y con Anny. Era lo mínimo que se merecían.

Metió las manos en los bolsillos del pantalón en un intento de entrar en calor y parpadeó sorprendido al sentir el tacto del frío metal contra las yemas de sus dedos. Tenía una moneda de dos euros. Entornó los ojos intentando recordar cuándo y cómo la había conseguido, pero fue incapaz de ver otra cosa que el rostro decepcionado de Dolores. Sacudió la cabeza y observó la moneda, con ella podría pagarse un café que le templara la mente. Buscó una cafetería abierta y, cuando la encontró, se dirigió a ella con pasos indecisos.

—Me parece increíble, en serio. No entiendo a la juventud de hoy en día. No hacen más que quejarse porque no tienen trabajo y cuando les pones uno delante de las narices se echan para atrás asustados —comentaba irritado un hombre a otro, ambos acomodados en sendos taburetes frente a la barra de la cafetería.

—Ha sido culpa tuya, tenías que haber sabido que la gente de la capital no está hecha para el trabajo duro. Deberías haber buscado donde siempre, en la costa norte, pero no, el señorito quería pasarse por Madrid para estar con unos primos a los que hacía años que no veía, y mira ahora. ¡A ver con qué cara nos presentamos ante el jefe sin lo que nos ha encargado! —gruñó el otro hombre enfadado.

—Joder, ¡cómo iba yo a imaginar que fuera tan difícil encontrar a un puñetero pinche de cocina!

—Tampoco es que lo hayas buscado mucho —se quejó el amigo.

—¿Para qué iba a buscarlo si mi prima me dejó bien clarito que tenía amigos que estarían dispuestos a aceptar el trabajo?

—Pues ya has visto las ganas con que han aceptado —bufó el otro hombre dando un trago a su jarra de cerveza.

Jared escuchó con atención la conversación, y poco a poco una idea fue tomando forma en su mente. A veces las oportunidades estaban en el sitio más inesperado, solo era cuestión de cogerlas con ambas manos y no dejarlas escapar.

Terminó el café que se estaba tomando y se acercó hasta los dos hombres con un nudo en la garganta. Tragó saliva y carraspeó.

—¿Qué quieres, chaval? ¿No ves que estamos ocupados? —le espetó uno de ellos, el que parecía llevar la voz cantante.

Jared apretó los puños al escuchar cómo se dirigía a él y recorrió con la mirada al hombre; no podía tener más de cuarenta años, doce o trece más que él.

—He escuchado la conversación que mantenéis.

—¿Y?

—Estoy buscando trabajo.

—¡Ja! ¿Qué te parece el zagal? ¿Crees que saldrá corriendo cuando le digamos la clase de trabajo que es, o que esperará a escucharlo todo antes de escaparse como alma que lleva el diablo? —preguntó irónico a su amigo. Lo cierto era que llevaban varios días buscando a alguien, pero todo el mundo rechazaba su oferta antes de que les diera tiempo a exponerla por completo.

—Prueba a ver, lo mismo hay suerte —contestó el otro hombre mirando fijamente al muchacho—; no parece un blandengue.

—No lo soy —afirmó Jared con los dientes apretados.

—Vaya, tiene arrestos el chico. Bien, estamos buscando un pinche de cocina.

—Puedo hacerlo —aseveró Jared decidido.

—Oh, perfecto. Solo hay un problema, el trabajo consiste en una expedición científica en el Ártico. Estaremos allí cinco meses ininterrumpidos, durante los cuales pasarás frío, aburrimiento y soledad.

—Joder, no le asustes antes de tiempo —le interrumpió su compañero, frunciendo el ceño por la brusquedad con que se dirigía al joven.

—¿Cinco meses?

—Hala, ya puedes largarte con viento fresco —le despidió el primer hombre.

—No. Puedo hacerlo —ratificó Jared apretando los puños contra sus muslos.

—¿Dejarás a tu familia y amigos durante tantos meses? No me lo creo.

—No tengo familia. —Desvió la mirada antes de continuar hablando. Estaba a punto de decir que tampoco tenía amigos, pero no quería pensar eso, todavía no.

—Mmm... ¿Estarías dispuesto a tomar un avión esta misma noche? Nuestro vuelo sale dentro de cuatro horas; si quieres venir, tienes que decidirte ya —explicó el más amable de los dos.

—Necesito recoger mis cosas, y hasta mañana por la mañana no puedo.

—Te lo dije, se ha rajado —afirmó el hombre desagradable.

—No me he rajado. Necesito tiempo, nada más.

—¿Tienes el pasaporte en regla? —preguntó el tipo afable.

—No tengo pasaporte —contestó desanimado Jared.

—No pasa nada, estaremos unos días en Vigo antes de tomar el barco. Puedes gestionarlo allí. Me imagino que tendrás el DNI en regla, ¿verdad?

—Sí —suspiró Jared aliviado, el DNI y la tarjeta sanitaria eran los únicos documentos que siempre llevaba encima.

—¿Sabes algo de cocina? —inquirió el que parecía el jefe.

—No —confesó.

—¿Obedeces las órdenes sin quejarte? —preguntó el otro hombre a la vez que el tipo desagradable bufaba burlón.

—Sí, siempre y cuando sean razonables —afirmó mirándole fijamente a los ojos.

—Que quieres que te diga, Mario; me gusta el chaval, tiene agallas —comentó el tipo simpático al antipático.

—¿Tienes antecedentes penales? —preguntó con mirada acerada Mario, el más gruñón de los dos hombres.

—No.

—¿Seguro?

—Compruébalo si quieres —le retó Jared.

—Tienes razón, Carlos; los tiene bien puestos —sonrió Mario—. Si quieres el puesto, es tuyo. Pero debes decidirte ahora mismo.

—Lo quiero. Pero necesito tiempo hasta mañana para recoger mis cosas.

—No hay tiempo; o lo tomas ahora, o nos buscamos a otro tipo —dijo Mario. Carlos le dio un ligero codazo. No tenían más días para buscar a nadie. El chaval era un regalo del cielo.

—No tengo más ropa que la que llevo puesta.

—Ya la comprarás cuando lleguemos al destino. No te preocupes por tonterías —presionó Mario. No iban a retrasarse por culpa del zagal.

—No tengo dinero para comprarla —confesó Jared con los dientes apretados.

Los dos hombres se miraron entornando los ojos, cavilando.

—Mañana llegaremos a la base en el Instituto Oceanográfico de Vigo y estaremos allí un par de días antes de embarcar. Si es verdad que no tienes antecedentes penales, podrás hacerte un pasaporte de urgencia —tarda menos de dos horas— y, en cuanto lo tengas, firmarás el contrato y podrás pedir un anticipo sobre el primer sueldo. Con eso podrás comprar algo de ropa. De todos modos, en alta mar no te hará falta mucha ropa. La expedición suministra los uniformes, indumentaria térmica y prendas de abrigo —le aclaró Mario.

—Lo más necesario es la ropa interior térmica y los pijamas —explicó amablemente Carlos—. Para el tiempo que tengas libre con un par de vaqueros y jerséis será suficiente. Quizás un buen anorak para no llevar el oficial de la expedición cuando arribemos a puerto; es de un rojo rabioso —bromeó—, pero tampoco es necesario si no quieres.

—¿Bajaremos a tierra? —preguntó Jared extrañado. Había entendido que no se moverían del barco.

—Pasaremos algunas semanas en distintas bases, lo justo para recoger muestras y aprovisionarnos si falta algo. ¿Estás interesado o no?

—Sí —afirmó sin pensarlo dos veces.

—Bien, voy a llamar a Clara a ver si puede conseguir un billete en nuestro vuelo para el muchacho —informó Mario abriendo el móvil.

—¿Cómo te llamas? —preguntó Carlos al darse cuenta de que no tenía ni idea del nombre del chaval.

—Jared —dijo este tendiéndole la mano.

—Carlos Aguirre, primer cocinero del barco. Mario Zamora es el jefe de partida, nuestro superior —comentó señalando al hombre que hablaba por teléfono—. Y tú serás el pinche, marmitón, friegaplatos... y todo lo que se tercie. Quiero que te quede esto muy clarito: nuestra función principal es estar en la cocina y hacer las comidas, pero los científicos más de una vez tirarán de nosotros para cualquier encargo, ya sea vigilar una masa de krill en el océano, colocar un taladro en mitad de un glaciar o medir el desplazamiento de un témpano a la deriva. Son unos tipos listos los oceanógrafos estos, pero a veces son algo torpes y necesitan manos ágiles que les ayuden. Puedes hacer dos cosas: ignorarles o ayudarles. Tú sabrás lo que te conviene. Pero ten por seguro que siempre hay recompensa por el trabajo realizado.

—Hecho. Había plazas de sobra —confirmó Mario cerrando el teléfono y mirando al hombre que les había venido como anillo al dedo—. ¿Te ha explicado Carlos las condiciones?

—Más o menos.

—¿Estás conforme?

—Sí.

—Bien, pues pongámonos en marcha.

—¿Puedo ir un momento al aseo? —necesitaba urgentemente lavarse la cara con agua fría y templar los nervios. Sus manos temblaban incontenibles dentro de los bolsillos, no podía acompañarlos en ese estado.

—Por supuesto. Estaremos fuera.

Los dos hombres esperaron a que Jared desapareciera en los servicios para volver a hablar mientras esperaban a que el camarero les trajera la cuenta de las bebidas. Comprobaron satisfechos que el muchacho había pagado su café, y que no era un caradura.

—¿Qué te parece? —preguntó Carlos.

—Me da la impresión de que está acostumbrado a la soledad. No dará problemas en ese sentido.

—La nariz me dice que es un tipo honrado y trabajador —comentó Carlos tocándose el mencionado apéndice.

—Y seguro de sí mismo.

—También.

—¿Te ha preguntado por el sueldo o las vacaciones?

—No.

—Está desesperado por conseguir trabajo, y hará lo necesario para obtenerlo y conservarlo —aseveró Mario.

—No lo dudes.

—Se llevará una grata sorpresa cuando vea su sueldo en el contrato —afirmó Mario sonriendo.

Capítulo 9

Ninguna discusión dura eternamente. La ira no es
indestructible; una sola palabra puede eliminar
hasta el más profundo enfado.

*A*cababan de abrir la mercería cuando *Scooby* entró como
un huracán por la puerta.

—¡Quieto, chucho! —ordenó Dolores cuando el gran danés hizo intención de poner sus enormes patas delanteras
sobre ella.

—¡*Scooby*, aquí! —lo llamó Nuria divertida.

Su abuela y *Scooby* no se llevaban exactamente bien. La
mascota pensaba que la anciana era un ser encantador y delicioso al que había que lamer y relamer, y la abuela pensaba
que el perro era un chucho pulgoso y baboso al que era mejor tener lo más lejos posible.

—¿Qué haces por aquí, grandullón? —le preguntó Nuria
extrañada, sin dejar de rascarle por detrás de las orejas. El
perro no solía alejarse mucho de la peluquería.

Scooby se dio la vuelta hacia la puerta y lanzó un ladrido
largo y agudo seguido de varios más cortos y roncos. Un segundo después Román entró en la tienda. Tenía la respiración acelerada, como si hubiera corrido. Una de sus manos
portaba una arrugada servilleta de papel.

—¿Qué ha pasado? —preguntó sin apenas resuello.

—¿Qué ha pasado de qué? —respondió Dolores a la pregunta acercándole una silla y un vaso de agua—. Anda, siéntate y bebe, viejo tonto, que te va a dar algo.

—Jared… ¿Qué ha pasado, habéis discutido?

—¿Ya te ha ido con el cuento? Pues sí que se ha dado prisa —bufó la anciana—. Pillé a los dos tortolitos en el salón de mi casa haciendo manitas —explicó enfadada.

—¡Abuela!

—¡Ni abuela ni leches! —replicó Dolores iniciando de nuevo la discusión que había quedado pospuesta hacía pocas horas por la necesidad de dormir.

—Te expliqué que no había pasado nada.

—¡Y yo te contesté que de idiota no tengo ni un pelo!

—Vamos, vamos... tranquilizaos las dos —medió Román entre ambas—. Explicadme qué ha pasado —solicitó atento. Le daba en la nariz que la solución a la nota que tenía en la mano estaba íntimamente unida a la discusión de las dos mujeres.

—Ya te lo he explicado —le dijo Dolores al peluquero a regañadientes—. Llegué a casa ayer por la noche, después de pasar una agradable tarde con mis amigas, y me encontré a la parejita muy acaramelada en mi sofá.

—¿Acaramelada? —susurró Román, encajando esa información en su cerebro.

—¡Fueron solo un par de besos! —exclamó la muchacha poniendo los ojos en blanco. Estaba francamente harta de la estúpida discusión—. Jared se dejó la mochila con todo su dinero en la peluquería, así que lo convencí para que subiera a casa a cenar y una cosa dio paso a la otra. ¡Al fin y al cabo no somos niños!

—¡Pues os comportabais como si lo fuerais! Jamás he sentido tanta vergüenza ajena. Mi nieta comportándose como una gata en celo en mitad del salón.

—En mitad del salón... —masticó Román el importante dato.

—¡Abuela!

—Lo que no sé es cómo pudiste convencer al muchacho... con lo serio y comedido que es —siseó Dolores pensativa.

Con el transcurrir de las horas, la hoguera abrasadora en la que se cocía su enfado había dado paso a unas ascuas todavía candentes. Poco a poco esas brasas se iban enfriando, permitiéndole pensar y, sobre todo, razonar qué cantidad de culpa en lo sucedido tenía cada uno de los tortolitos. Y cada vez tenía menos dudas. La instigadora no podía ser otra que su querida, impulsiva e irresponsable nieta.

—Mujer, tiran más dos tetas que dos carretas —apuntó el peluquero.

—¡Román, ya basta! ¿Por qué no os vais los dos un rato a la porra? —exclamó Nuria enfadada—. Convencí a Jared para que subiera a casa, pensando que la abuela le persuadiría para quedarse a dormir, y, en lugar de eso, lo echó a la calle como si fuera un perro sarnoso —le explicó con los ojos sospechosamente brillantes—. ¡Sí, metí la pata hasta el fondo! No debería haber dejado que las cosas fueran a mayores. No pensé en lo que estaba haciendo. ¿Era eso lo que querías escuchar? —preguntó mirando a su abuela sin parpadear.

—Sí, eso es lo que quiero, que reconozcas tus errores —afirmó Dolores cruzándose de brazos y alzando la barbilla, todavía rumiando su enfado.

—¡Lo siento! Sí, te falté el respeto y me porté fatal, pero no era necesario que lo echaras como si fuera un delincuente. —Una lágrima se deslizó lentamente por los pómulos sonrosados de Nuria cuando pronunció esta palabra—. Él no tuvo la culpa de nada; me conoces de sobra, sabes cómo soy y cómo es Jared.

—¡Ay, señor…! —masculló Román releyendo la nota que tenía entre las manos.

Dolores asintió; sabía de sobra cómo era su nieta, visceral e impetuosa, igual que lo era ella también.

—Quizá se me fue un poco la mano —concedió Dolores. Su enfado se había evaporado súbitamente, apagado por el dolor que mostraba su nieta—, pero tienes que comprenderlo, cielo; encontraros de aquella manera me sorprendió mucho. Lo último que esperaba encontrar en casa después de una tarde de amigas era a vosotros dos… abrazados.

—Abuela. —Nuria se acercó a la anciana—. No hago más que pensar en que habrá pasado la noche a la intemperie, con una camiseta de manga corta como único abrigo —dijo Nuria llevándose una mano a la boca para intentar silenciar los sollozos que pugnaban por escapar de sus labios.

—No te preocupes por él, cariño —la consoló abrazándola—. No creo que sea la primera vez que duerme en... —Hizo una pausa sin querer decir lo evidente.

La noche anterior, no se había parado a reflexionar por qué estaba Jared en su casa a esas horas, y había obrado en consecuencia a la justa indignación que sentía, sin pensar en nada más. Pero ahora se arrepentía al imaginarse al muchacho pasando frío dentro de un cajero automático, o peor todavía, sobre un banco del parque.

—Seguro que ha encontrado algún lugar donde dormir —aseveró Dolores deseando creer sus propias palabras.

—Bueno, bueno. Creo que en eso puedo ayudaros —comentó Román con gesto serio.

—¿Has visto a Jared esta mañana, ha desayunado contigo? —preguntó Nuria esperanzada. Sabía que desayunaban juntos con frecuencia y, además, Jared tenía que recoger la mochila, recordó feliz—. ¿Qué te ha dicho? ¿Dónde ha dormido? ¿Está muy abatido? Ya sabes cómo es, se lo toma todo muy a pecho.

—No, preciosa, no lo he visto, pero me ha dejado un mensaje.

—¿Un mensaje? —inquirió Dolores confusa.

—Encontré esta nota al abrir la peluquería... —explicó tendiéndole la servilleta arrugada que tenía en la mano a Dolores—. Estaba encajada entre las rejas. Por eso he venido corriendo en cuanto os he visto abrir.

—¡Oh, Dios mío! —murmuró Dolores cuando acabó de leerla—. ¿Qué ha hecho? Tonto, tonto y mil veces tonto.

—Abuela, déjame leerla. —Nuria le quitó la nota de las manos y comenzó a leerla con impaciencia.

Eran unas pocas líneas trazadas con mano vacilante, con algunas tachaduras y una brevísima despedida.

—¡No! No puede ser. Él no haría una cosa así. No se iría sin decírmelo. Sin despedirse de mí.

—Cariño —se acercó Dolores a su nieta—, se ha despedido.

—No, no lo ha hecho. Esto no es una despedida, es una estúpida servilleta de papel con cuatro garabatos —exclamó dolida—. Y ni siquiera estaba en nuestra tienda.

—Cielo —intervino Román—, vuestras rejas no tienen huecos. No habría podido encajar la nota, hubiera salido volando.

—¡Eso no es excusa! ¡Le dije que no se fuera de casa! ¡Me aseguró que se quedaría conmigo, que esperaría hasta que calmara a la abuela! Me lo prometió y en cuanto me di la vuelta se fue. ¡Y ahora huye y me vuelve a mentir! ¡Se cree que soy idiota! —gritó arrugando la nota y tirándola al suelo con rabia a la vez que se daba la vuelta y entraba corriendo en la trastienda.

Los dos ancianos fueron testigos del tremendo portazo que dio y de los sollozos ahogados que siguieron a este. Ambos se miraron aturdidos y luego dirigieron la mirada a la servilleta arrugada tirada en el suelo de la tienda.

Román, he encontrado un trabajo, pero para conseguirlo tengo que irme ahora mismo, si no lo hago, lo perderé. Por favor, dile a Dolores que siento muchísimo lo que ha pasado, fue por mi culpa... ~~no tenía intención de~~ dile que estoy muy arrepentido. Cuéntale a Sonia por qué me he tenido que ir y discúlpame ante ella por faltar a mi palabra. A Nuria dile que no estoy huyendo y que siento haberle mentido. No puedo ser el hombre que ella merece pero voy a solucionarlo. ~~Voy a intentar ser mejor persona...~~

Dile que la quiero.

Capítulo 10

No hay mayor agonía que sentir cómo la esperanza
juega con tu corazón, día a día, palabra a palabra.

—*B*uenos días, Dolores, Nuria. ¿Qué tal la mañana? —saludó el cartero asomándose a la puerta de la mercería.

—Buenos días, Antonio. Si son facturas lo que traes, ya
puedes ir dándote la vuelta —bromeó la anciana acercándose
al hombre para recibir las cartas.

—Pues no, hoy tienes una postal, y debe de ser de algún
cliente que compartís varios comercios de esta calle, porque
he entregado dos más de la misma provincia —comentó divertido tendiéndosela y regresando a su trabajo.

—¿Una postal? —preguntó Nuria—. ¿Desde dónde la
mandan?

—De Pontevedra.

—Déjame verla. —No esperó a que su abuela se la diera,
directamente se la quitó de las manos. Tenía un presentimiento.

—Es de Jared —comentó al poco—. Está en Vigo —informó dejando la misiva sobre el mostrador—. Parece que le
van bien las cosas. ¡Ojalá no vuelva nunca! —exclamó enfadada entrando en la trastienda y dando un tremendo portazo.

Dolores se acercó y tomó la postal. Era tan escueta como
poco informativa.

5 de mayo de 2010

Queridas amigas:
Espero que leáis esto, pero si no lo hacéis lo entenderé.

Siento haberme marchado, tan repentinamente, dejándolo todo por aclarar, pero me surgió una oportunidad que no pude desaprovechar. He conseguido un trabajo en una expedición oceanográfica promovida por el ICES. Ahora estoy en Vigo, pero partiré mañana. Estaré fuera algunos meses. No sé si podré escribiros en ese tiempo.

Por favor, perdonadme.

Os quiere,

JARED

—¡Nur, Dolores! —gritó Román desde la puerta en el mismo momento en que Dolores, asombrada, releía el breve mensaje por tercera vez.

La anciana dejó la postal de nuevo sobre el mostrador y observó a su amigo. Estaba sonrojado y lucía una enorme sonrisa en los labios.

—¿A que no sabes qué? Acabo de recibir noticias de Jared ¿Vosotras también? —Román estaba alegre, emocionado incluso.

—Román, ¿qué haces tú aquí? —preguntó Anny entrando en la tienda—. No me lo digas, has recibido noticias de Jared.

—¿Tú también? —dijo el peluquero mirando a la joven. Esta asintió—. ¿Dónde está Nuria? —inquirió extrañado al no verla.

—Estaba haciéndome un café —contestó la interpelada saliendo de la trastienda, tenía los ojos rojos y la cara pálida. De hecho, desde que Jared había desaparecido hacía poco más de una semana, había perdido algo de peso, y también su sonrisa espontánea.

—Nur, ¿no me has oído? Hemos recibido noticias de Jared, nos ha mandado una carta desde Vigo, va a ser cocinilla en el barco de un tal Ices —explicó apresurado el anciano.

—¿Cocinilla? —inquirió Dolores divertida por el término.

—Sí, mira, lo pone aquí —dijo mostrándoles una postal con unas pocas frases escritas a mano—. Dice que le ha sa-

QUÉDATE A MI LADO

lido curro de pinche de cocina en una exploración geográfica.

—Expedición oceanográfica —le corrigió Nuria.

—¡Tú también has recibido una carta! —exclamó entusiasmado—. Es maravilloso, ¿no crees? Ahora ya sabemos dónde está y que se encuentra sano y salvo.

—No estarás diciendo en serio que te crees ese montón de mentiras —replicó Anny acercándose a su amiga. Nuria negó con énfasis, ella tampoco se creía nada de lo escrito.

—¿Por qué piensas que son mentiras? —preguntó Dolores tomando el mensaje de Román y leyéndolo rápidamente—. Cuenta más o menos lo mismo que en la nuestra —confirmó a las jóvenes—, y añade que trabajará en las cocinas y que estará unos cuatro meses fuera. Poco más.

—¿No os dais cuenta de que eso no puede ser cierto? —intervino Nuria por primera vez desde que había salido de la trastienda—. Cuando huyó de casa no tenía un solo euro en los bolsillos, y ahora está en Vigo. ¿Cómo ha llegado, haciendo dedo? —preguntó irónica, Anny asintió—. Oh, espera, se me ocurre algo mejor: bajó desde el cielo su ángel de la guarda y le proporcionó dinero, trabajo y ropa. ¡Ni que fuera ceniciento!

—No sé cómo habrá llegado hasta Galicia, pero lo que está claro es que la postal está sellada en Vigo, por lo menos la mía —comentó Román—. Quién sabe, cosas más raras se han visto —argumentó al ver cómo Nuria fruncía el ceño y apretaba los labios—. Lo mismo se encontró con alguien que le ofreció trabajo y decidió acompañarlo.

—Claro, es lo más lógico del mundo —replicó Anny haciendo frente común con su amiga—. Estando en Madrid se le acerca un tipo y le pide que le acompañe a la otra punta de España para hacer de cocinero en su barco. ¿Cómo no se me había ocurrido esa explicación? —Negó con la cabeza—. No sé qué tendrá en mente, pero no me trago ese cuento.

—Nuria, no deberías… —comenzó a decir Dolores ignorando el comentario de Anny.

—No, abuela, tú no lo conoces. Tiene metido en la cabeza que es… —Cerró los ojos apesadumbrada a la vez que se mordía los labios—. No lo entenderíais, Jared piensa que no es... —Hizo de nuevo una pausa sin saber bien cómo explicarse—. Tiene un sentido del honor arcaico, y una bajísima opinión de sí mismo. Cree que la gente le juzga por lo que tiene, no por lo que es. Él piensa que no es el hombre que yo me merezco. Estoy segura de que estará en la calle, sin dinero ni ropa, buscando... no sé, un trabajo, algo con que demostrar al mundo que es mejor persona de lo que él mismo imagina que es.

—Es idiota —gruñó Anny.

—Lo entendemos, cariño. Lo conocemos bien —afirmó Dolores dando un codazo a la amiga de su nieta para hacerla callar.

Anny era una chica maravillosa, a no ser que estuviera enfadada; entonces se convertía en una verdadera arpía incapaz de razonar.

—Y si algo no es, es tonto —aseveró Román—. Seguro que está mejor de lo que tú crees. Es un hombre de recursos ilimitados, ya lo viste. Tanto le da repartir alfombras, que limpiar cocinas, que hacer alguna chapuza.

—No me puedo quitar de la cabeza que ha desaparecido por mi culpa. Si yo no hubiera... —susurró Nuria.

—¡No digas chorradas! —exclamó su amiga, indignada. Nuria llevaba una semana entristecida, llorando, sintiéndose culpable y preguntando a todo el mundo si habían visto al tipejo. No pensaba consentirlo ni un segundo más—. Si tú no te hubieras lanzado sobre él, si Dolores no hubiera llegado cuando llegó... Bah, tonterías —se burló de los lamentos de sus amigas sin dejar de mirar a la anciana. Sabía de sobra que Dolores también se sentía culpable en cierto modo y estaba francamente harta de que esas dos mujeres, a las que tanto quería, lo estuvieran pasando mal por culpa de la ineptitud de un hombre—. Las cosas son como son y punto. No hay que darle más vueltas. Jared es mayorcito, podía haber mantenido el pajarito guardadito en vez de haberse dejado... querer.

—¡Anny! —gritó Nuria colorada como un tomate.

—¡Qué! Tengo razón y lo sabes. Dos no se lían si uno no

quiere. Y eso no es lo importante; a lo hecho, pecho. Tenía que haberse comportado como un hombre y dar el callo, en vez de salir corriendo y esconderse como el cobarde que es. Así que nada de compadecerle. Lo que le pase, se lo ha buscado él solito.

—Pero, Anny… —murmuró Nuria asombrada al ver a su amiga tan enfadada. Desde que Jared había empezado a trabajar en la tintorería Anny le había ido cogiendo cariño, igual que el resto de los vecinos del barrio. No entendía este repentino cambio de actitud.

—No. Basta ya de tanta preocupación. Te apuesto lo que quieras a que en menos de una semana tenemos noticias suyas.

Acertó a medias en su predicción.

Sí tuvieron noticias suyas.

Dos meses después.

La postal llegó cuando ya no la esperaban. Cuando se habían hecho a la idea de que no volverían a verle. Cuando Nuria por fin estaba dejando de llorar a escondidas en su habitación cada noche.

Llegó una luminosa mañana de julio, cuando el ardiente calor obligaba a buscar cobijo bajo la sombra de los árboles y dos mujeres, sentadas en sus sillas tras el mostrador de la mercería, hacían cálculos para saber si podrían cerrar todo el mes de agosto, o solo quince días.

La postal era de hecho una fotografía. En ella se veía una playa de hielo y al fondo, en mitad del océano y rodeado de glaciares imponentes y afilados, se alzaba un gran barco con la cubierta ocupada por una grúa y extraños aparatos. En el reverso de la foto, escrito en letras muy pequeñas y juntas, como queriendo aprovechar todo el espacio, había un breve texto.

20 de julio de 2010

Queridas amigas:

No sé si recibiréis esta carta ni, si en caso de hacerlo, la leeréis. Sé que estaréis furiosas conmigo y no os faltará razón para ello. Pensaréis que estoy ocultándome y, en cierto modo, así es. Estoy en el buque *Ramón de Margalef*, en una expedición oceanográfica promovida por el ICES. Soy el pinche de cocina, pero mi trabajo realmente consiste en obedecer órdenes.

Ahora mismo estoy en una base en Svalbard, a medio camino del Ártico. No sé cuánto tiempo estaré aquí, ni cuándo podré volver a mandaros noticias.

El barco que se ve en la imagen es en el que trabajo, y es más grande de lo que parece. Estoy aprendiendo mucho con mis compañeros y, sobre todo, estoy pensando en qué quiero hacer con mi vida a partir de ahora.

El océano es enorme y la soledad infinita.

Os echo mucho de menos,
JARED

—¿Qué narices es el ICES ese? —preguntó Anny cuando acabó de leerla por tercera vez.

Nuria había salido corriendo a buscar a su amiga en cuanto la recibió. Y ahora las dos estaban elucubrando sobre lo que había escrito Jared.

—No tengo ni idea —respondió Nuria—, pero pienso averiguarlo.

—¿Cómo?

—Con «san Google, que todo lo encuentra» —aseveró Nuria—. Abuela, salgo un momento; ahora mismo vuelvo.

Corrió durante todo el trayecto a su casa, con Anny a la zaga; llegó a su habitación casi sin respiración, encendió su obsoleto ordenador y esperó impaciente a que este tuviera a bien comenzar a funcionar.

—¡Ya lo tengo! —exclamó tras unos minutos de búsqueda—. ICES son las siglas de: International Council for the Exploration of the Sea.

—¿Y eso qué gaitas es? —preguntó su amiga.

—El consejo internacional para la exploración del mar —tradujo Nur.

—¿Tienen alguna expedición en marcha? —inquirió Anny interesada.

—¡Uf!, muchas. Espera, voy a buscar las que tengan salida desde el puerto de Vigo —comentó tecleando rápidamente—. ¡Oh Dios! El 7 de mayo partió el buque *Ramón Margalef* para un estudio del Instituto Oceanográfico de Vigo, promovido en parte por el ICES.

—¡La leche! Si al final va a resultar que nos estaba diciendo la verdad. Mira a ver si dicen algo más.

La siguiente carta tardó en llegar más de dos meses, justo cuando Nuria ya comenzaba a pensar que no volvería a saber de él.

Dos meses de buscar todos los días en Internet cada noticia sobre la expedición, aunque, desgraciadamente, apenas encontró un par de anotaciones. Tampoco se mencionó en los telediarios ni en los periódicos. Nuria no podía entender cómo era posible que siendo una investigación tan importante no apareciera en los medios de comunicación.

Asumía con total coherencia que, aunque para ella Jared fuera lo más importante de su vida, para el resto del mundo, él, como persona anónima, ni siquiera existía. Pero lo que la colmaba de apesadumbrado estupor era el olvido, ignorante y peligroso para el planeta en que vivían, con que los periódicos y telediarios obviaban la expedición. Comprobó indignada que los datos que pudieran aportar los investigadores sobre las consecuencias del cambio climático en el océano Ártico tenían muchísima menos importancia para la gente que la cantidad de goles marcados en un partido de fútbol. El calentamiento de los océanos les traía al pairo, aunque estuviese anunciando la muerte, lenta y dolorosa, del planeta.

Cuando el cartero llegó a su puerta el 20 de septiembre, con una enorme sonrisa en los labios y las pobladas cejas arqueándose con fuerza, Nuria supo que acababa de recibir noticias de Jared. Le arrancó la postal de las manos y corrió a esconderse en la trastienda.

Necesitaba saborear en soledad cada una de las palabras escritas por su amado.

Se aseguró de que la puerta estuviera cerrada con llave y devoró con la mirada la postal. Era, al igual que la vez anterior, una fotografía, pero en esta ocasión no de un paisaje, sino de una persona.

La observó atentamente, con el corazón a punto de escapársele por la garganta.

Era él.

Jared.

Se encontraba en mitad de un desierto helado, tan brillante, que la luz se reflejaba sobre el suelo que pisaba. No había nada más que esa blancura infinita; ni mar ni personas ni animales, solo hielo y más hielo, pero a él parecía no importarle.

Estaba de pie y sonreía a la cámara o al menos eso imaginaba ella, porque apenas se le veía la cara. Llevaba un anorak de un rojo rabioso que destacaba como un faro en el gélido paisaje que le rodeaba, y el gorro de la prenda le cubría la cabeza hasta casi taparle los ojos. Pero Nuria podía ver perfectamente sus pómulos afilados y su sonrisa confiada. Era él, estaba segura. Estuvo observando y acariciando con las yemas de los dedos la imagen hasta que se la grabó en la mente, y después, casi temblando, le dio la vuelta y leyó el reverso. Estaba sellada en Nueva Âlesund, Noruega.

—¿Noruega? Por Dios, Jared, ¿Dónde estás ahora? ¿Por qué no vuelves a mí? —musitó antes de comenzar a leer.

14 de septiembre de 2010

Cuando te llegue esta postal ya estaré de regreso a España. Si todo sale según los planes previstos, a finales de mes arribaremos a Bergen y desde allí regresaremos a Vigo.

El verano ártico se acaba y nuestro trabajo de investigación alrededor de Svalbard también. Día a día el clima se va haciendo más severo, apenas podemos detener el barco durante unas horas para recoger muestras, pues en cuanto lo hacemos el casco se cubre de hielo ante nuestros asombrados ojos. Caminar sobre los glaciares es casi imposible, la fuerza del viento nos arrastra sin que podamos evitarlo, pero lo que más impone es el ruido. Escuchar el sonido del hielo moverse; cómo se estira y se rompe cerca de donde estoy, ese rugido penetrante e intenso me hace pensar en el fin del mundo.

Cuento los días que me quedan para volver a casa, para verte…

JARED

—Dos semanas, tres a lo sumo… —murmuró Nuria besando la fotografía, mientras calculaba el tiempo que faltaba para verle.

Se secó las lágrimas que habían brotado de sus ojos al leer la carta y salió de la trastienda llamando a Dolores a gritos.

—¡Abuela! ¡Quince días! ¡Volverá a mí dentro de quince días!

Pero los días pasaron y él no regresó.

Septiembre dio paso a octubre y Nuria pasaba cada hora del día asomada a la puerta de la tienda, esperándole.

Llegó el día de la festividad del Pilar y transcurrió sin que él volviera.

Cada mañana se levantaba resplandeciente, segura de que ese sería el gran día. Se arreglaba con cuidado, cepillaba su cabello hasta hacerlo brillar, pintaba sus labios, sonreía al espejo y bajaba corriendo las escaleras del portal para ir a la mercería. Y cada tarde volvía a casa despacio, arrastrando los pies y con la tristeza dibujada en su rostro.

Cuando por fin llegó el momento, no fue como ella esperaba. No hubo fanfarrias ni fuegos artificiales. No le pudo abrazar ni besar. No pudo ver su rostro ni escuchar su voz.

—Buenos días, Nuria. ¿Está tu abuela? —saludó dubitativo el cartero entrando en la tienda mucho antes de su hora habitual.

—Aquí estoy, ¿ha pasado algo? —preguntó Dolores saliendo extrañada de la trastienda. El cartero nunca llegaba tan pronto, ni mucho menos preguntaba por ella.

—Eh… no, claro que no —respondió dudoso centrando

su mirada en la anciana—. Solo quería comprobar que Nuria no estaba sola.

—¿Qué ha pasado? —preguntó Nuria levantándose asustada al escuchar las palabras del hombre. Tenía un mal presentimiento.

—Esta mañana ha llegado esto para ti, de Bergen, Noruega —explicó el empleado de correos entregándole un sobre enorme y mirando de refilón a la anciana. Esta abrió asustada los ojos y se acercó presurosa a su nieta—. He pensado que sería importante y por eso he cambiado mi ruta. Espero que no sea nada grave.

Nuria no pudo evitar que un jadeo escapara de sus labios al tocar el sobre. Este era pesado y voluminoso. Estaba sellado el día 5 de octubre. Lo abrió con dedos temblorosos. En su interior encontró una nota escrita a mano y un cuaderno. Leyó la nota con rapidez y, al terminar, cerró los ojos y respiró aliviada.

—Nuria, hija, ¿que ha pasado? —preguntó su abuela preocupada. El cartero también esperaba noticias.

—Jared no puede regresar aún.

—¿Le ha pasado algo?

—No. Está bien —dijo tendiéndole la nota—. Voy a casa un momento —declaró saliendo de la tienda con el cuaderno apretado contra el pecho.

29 de septiembre de 2010

Sé que te prometí que estaría en casa por estas fechas, pero el jefe de la expedición decidió en el último momento continuar un poco más, y no he encontrado manera de avisarte hasta ahora mismo. De hecho, ha sido gracias a que hoy ha sucedido algo inesperado que puedo mandarte esto. Mi barco se ha cruzado con otro que regresaba a puerto tras concluir sus trabajos. Enrique ha aprovechado para intercambiar datos sobre los seguimientos, y mientras tanto mis compañeros y yo hemos hablado con los otros marineros y estos se han comprometido a enviar nuestras cartas en cuanto recalen en Bergen.

Llevo desde que han subido a cubierta dándole vueltas a la cabeza sin saber exactamente qué decirte. Al final he decidido que voy a ser valiente por primera vez en cinco meses. Voy a mandarte el diario que he escrito durante el tiempo que llevo aquí. Por favor, no rompas estas páginas sin leerlas. En ellas está mi alma.

No sé a ciencia cierta cuándo regresaré a casa, Enrique quiere seguir un poco más, pero el resto de los investigadores no lo ven del todo claro.

Te echo de menos, muero por verte, por sentirte junto a mí, por tocarte.

JARED

Capítulo 11

¿Pide recompensa el ojo por ver?
EPICTETO

Todo hombre se hace a sí mismo. Cada segundo de su vida, cada
suceso que le acontece, cada decisión que toma y
cada palabra que pronuncia, se mezclan y fusionan
hasta convertirse en los sentimientos y principios
que llenan el ánfora intangible que contiene
su personalidad. De cada persona depende
llenarlo de miel… o de hiel.
Nadie puede pedir recompensas ni explicaciones por lo
que es, ya que es él quien se ha creado a sí mismo.

*C*uando Nuria entró en su casa, se dirigió con rapidez a su habitación, cerró la puerta con llave, se tumbó sobre la cama sin molestarse en quitarse los zapatos y acarició con dedos impacientes el cuaderno.

Era una libreta normal y corriente con tapas rojas de cartón. Estaban muy ajadas, como si Jared hubiera tocado constantemente la cubierta. Los bordes estaban doblados y el alambre en forma de canutillo que mantenía unidas las hojas estaba retorcido en uno de los extremos, como si en un momento dado se hubiera salido de su sitio y él hubiera intentado colocarlo. En una de las esquinas había una pequeña mancha, parecía de humedad. Tenía la forma de una lágrima que hubiera sido limpiada con las yemas de los dedos.

Nuria acercó el usado cuaderno hasta su rostro y besó con

dulzura la mancha. Quizá fuera una gota de alguna bebida, o una mancha de tomate, pero todo su ser le decía que era una parte del alma de Jared que había sido derramada sin su consentimiento.

Acarició con los pómulos las suaves tapas, e inhaló profundamente, intentando captar el aroma de su amigo. Mar, viento, soledad.

Quizá no lo oliera realmente, pero su cerebro se llenó con el sabor de la sal, el frío del viento, la tristeza de la soledad.

Se alejó lentamente del inesperado tesoro, inspiró con fuerza para intentar sosegar su alborotado corazón, y lo abrió.

Las palabras saltaron directamente de las hojas cuadriculadas hasta su corazón.

15 de mayo de 2010

Empiezo esta carta y no sé si me atreveré a arrancar la página del cuaderno y mandártela algún día. Quizá lo haga si logro convertirme en alguien digno de ti… Solo el tiempo lo dirá.

Imagino que no querrás saber nada de mí y, antes de que te sientas tentada de romper estas hojas, quiero que sepas que no soy un cobarde. No he huido, aunque pueda parecerlo.

La última vez que nos vimos toqué el paraíso con las manos.

Toda mi vida he estado buscándote y, cuando por fin te encontré, supe que no podía permanecer a tu lado.

Siempre he sabido que no soy nada, que no tengo nada. No puedo ni quiero pensar en acercarme a ti si no tengo un futuro que ofrecerte. Esa última noche fui consciente de ello.

Necesito encontrar algo con lo que ofrendarte como te mereces. Necesito ser un hombre del que puedas sentirte orgullosa.

Abandoné la casa de tu abuela decidido a hacer lo que fuera necesario para merecerte. Y sucedió algo inesperado e increíble, conocí a dos hombres que me ofrecieron un trabajo.

—Idiota, estúpido… —susurró Nuria en el silencio de su habitación, tendida sobre la cama, abrazando el cuaderno mientras amargas lágrimas de añoranza se derramaban sobre sus mejillas—. Nunca me importó nada más que tú. Eres todo lo que deseaba. Ni dinero ni casa ni trabajo. Solo tú —musitó limpiándose las lágrimas para continuar leyendo.

7 de junio de 2010
Desde que embarqué no he vuelto a tocar tierra. Sigo escribiéndote cada día que tengo un segundo libre, pero dudo de que alguna vez logre reunir el valor para mandarte lo que escribo.

Te añoro con tanta fuerza que a veces creo que la vasta soledad del mar se burla de mí trayéndome tu voz sobre la espuma de las olas. Siento tu presencia en cada soplo de viento y me doy la vuelta buscándote, aun sabiendo que no estás aquí, conmigo.

Me estoy volviendo loco pensando en ti, y lo único que puedo hacer es depositar estos pensamientos sobre el frío papel.

17 de junio de 2010
Navegamos siguiendo la corriente marina del Atlántico norte. Estamos investigando la evolución de la comunidad biológica. Los científicos que dirigen esta expedición quieren comprobar hasta qué punto resulta sensible al cambio climático. Por lo que les oigo quejarse, imagino que es peor de lo que pensaban. Aún no hemos pisado tierra, y a veces creo que no lo haremos jamás.

No hay nada a nuestro alrededor excepto agua, hielo y ballenas. Esta soledad abrumadora me hace darme cuenta de lo tonto que fui, de lo equivocados que eran mis pensamientos y prioridades. Nada es más importante que estar contigo, nada es más necesario que sentir tu presencia junto a mí. Aunque no tenga qué ofrecerte, aunque no merezca tu cariño.

Te echo tanto de menos que duele.

1 de julio de 2010
Hoy es un día importante.
He dejado de ser pinche de cocina y me he convertido en el ayudante personal de Enrique Ramos. Es uno de los investigadores principales, un tipo muy listo y emprendedor, al que por desgracia para él (y suerte para mí) el frío extremo le causa bastantes problemas: se le agrieta la piel, sobre todo la de las manos y el rostro, y le salen unos eccemas que no le dejan vivir, siempre según él, claro. Así que

me ha pedido que le ayude a recolectar las muestras del agua. No es un trabajo complicado, solo tengo que vigilar que la grúa saque sin golpear (demasiado) las boyas que colocaron en invierno. Parece ser que lo hago bastante bien, ya que me ha desterrado de la cocina y ahora me paso varias horas al día en la cubierta del barco.

Me gusta el cambio. Creo que es un trabajo importante, aunque me temo que no es mi habilidad para recoger muestras lo que me ha hecho obtener el puesto de ayudante de Enrique, sino, más bien, que cuando está conmigo deja de ser un hombre taciturno y se convierte en un gran orador y me expone teorías científicas que, si te soy sincero, no comprendo. Pero a él le da igual. Dice que conmigo se le aclara la mente y que mi presencia le insta a ampliar sus ideas y así él mismo las entiende mejor. Imagino que él sabrá de lo que habla, porque yo no me entero de nada.

Poco a poco me estoy convirtiendo en alguien necesario en esta expedición. Daría lo que fuera por que pudieras verme ahora mismo, estoy seguro de que te sentirías orgullosa de mí.

12 de julio de 2010

Hemos arribado a la base de Hornsund en Svalbard. Es un archipiélago de islas que está a medio camino entre Noruega y el Polo Norte. Vamos a navegar recorriendo su costa para recabar información de las distintas plataformas de estudio. Es un paraje agreste y frío, incluso ahora en verano.

A veces, veo a lo lejos los enormes cruceros que surcan el mar de Groenlandia, llenos de turistas helados y ansiosos por fotografiar el fiordo que da nombre a esta base. Y pienso que soy un privilegiado por estar aquí. Sé que nunca en toda mi vida volveré a observar paisajes tan bellos como los que ahora cautivan mis ojos.

Siempre había pensado que el Ártico era un lugar deshabitado, alejado de todo rastro de vida. No podía estar más equivocado. Aún no hemos llegado al Polo Norte geográfico, pero, por lo que veo aquí, me puedo hacer una idea de lo que me voy a encontrar.

Las islas están habitadas por animales tan hermosos que duele mirarlos, sabiendo, como sé, que algunos de ellos han sido masacrados hasta casi el exterminio, y que otros servirán de diversión para cazadores insensibles.

He visto zorros de pelaje tan blanco que se confunden con la nieve. He visto focas barbudas, con cabezas diminutas para su gran tamaño y enormes mostachos, cuidar con gran cariño a sus crías, pequeños peluches vivientes de mirada inocente y ojos cautivadores. He visto morsas enormes de aterradores colmillos tomando el sol plácidamente sobre el hielo, y pequeñas gaviotas de alas tricolores volando en un cielo asombrosamente azul. Pensar que toda esta belleza perecerá por nuestras manos si no hacemos nada por evitarlo me llena de pesar.

Daría mi vida por que pudieras ver lo que yo veo.

A mi lado, junto a mí, cogidos de la mano.

15 de julio de 2010

No te puedes ni imaginar el frío que hace aquí. Está todo cubierto de hielo, y eso que es verano. No quiero ni imaginarme cómo será el invierno.

Paso casi todo el tiempo al aire libre, recogiendo muestras y aprendiendo a usar el Slocum Glider. Es un robot amarillo cargado de sensores que se hunde en el mar hasta unos cien metros de profundidad. Mide los niveles de salinidad, temperatura y la cota de penetración de los rayos solares. Enrique compara los datos recogidos el año pasado con los que sacamos ahora y… Sean cuales sean los de este año, no deben de ser muy buenos. Enrique está muy enfadado con el mundo, argumenta que no dejaremos nada vivo para las futuras generaciones.

Por las noches sueño contigo, y pienso en si algún día volveré a verte. Si tendré la posibilidad de crear una nueva generación de preciosas niñas de melena castaña y ojos profundos como los tuyos.

¿Me seguirás queriendo cuando regrese o te habrás olvidado de mí?

¿Me sigues recordando en estos momentos?

¿Sueñas conmigo como yo lo hago contigo, cada noche, cada día, cada segundo que pasa?

Sé que son esperanzas vanas. Hace más de dos meses que no sabes nada de mí. Lo mejor que puedes hacer es olvidarte de que existo. Pero cada vez que ese pensamiento se asoma a mi mente, quiero morir.

Soy un egoísta que no quiere que le olvides, aunque tu felicidad dependa de ello.

Todavía no soy el hombre que quiero llegar a ser, el que te mereces... Pero poco a poco lo conseguiré.

Aunque me deje la vida en ello.

Lo juro.

17 de julio de 2010

Hoy ha llegado a la base un barco que regresará a Noruega en pocos días. Todo el mundo está como loco preparando cartas para sus familias, escribiendo folios y folios sobre lo que hemos vivido hasta la fecha. Todos menos yo.

No me atrevo a mandarte lo que he escrito.

No puedo evitar imaginar que, si te llega un sobre con mi nombre, ni siquiera te molestarás en abrirlo. Pero tampoco puedo dejar de desear comunicarme contigo, aunque sea con una carta de la que nunca obtendré respuesta. No sé qué hacer. Tengo apenas dos días para pensarlo.

19 de julio de 2010

Mañana se marchará el buque con las cartas de los miembros de la expedición. He decidido escribirte una postal, más bien una fotografía que Mario ha tomado del barco.

Llámame cobarde, o mejor aún, iluso. Pero pienso que, al mandarte esta postal, si quieres saber al menos quién la remite, tendrás que leer el reverso.

Soy feliz pensando que tus dedos van a acariciar las palabras que he escrito. Te imagino leyéndome, pensando en mí y todo mi cuerpo se tensa anhelante por sentir tu tacto, tu aroma, tu risa alegre, tu mirada acariciante.

Te quiero. Por favor, no me olvides.

2 de agosto de 2010

Los días son eternos, el sol no se pone nunca.

A veces Enrique y yo nos olvidamos de comer. Es difícil llevar un horario cuando nunca amanece ni anochece. Paso las noches en blanco, mirando en el horizonte los matices anaranjados que indican la llegada de la noche, aunque el sol continúe brillando inclemente en el cielo. Observo los tonos rosados reflejarse sobre el mar y recuerdo cada momento que pasamos juntos. Cada atardecer que viví a tu lado.

Me duele pensar en ti, saber que no puedo tocarte, verte, escucharte.

Anhelo con toda mi alma sentir tu presencia a mi lado.

21 de agosto de 2010

Mañana cambiamos de rumbo, Enrique quiere seguir la corriente circumpolar ártica para recoger más muestras de krill y filoplancton.

No te puedes ni imaginar la de seres que viven en un vaso de agua cristalina a un grado bajo cero. Desde que Enrique me enseñó a mirar por el microscopio, no he vuelto a poder beber agua sin antes pensar que me estoy tragando miles de bichitos casi transparentes con antenas y patitas diminutas.

¿Dónde estás ahora?

Te imagino de vacaciones en la playa, nadando en el mar, y pienso que las olas que te acarician son las mismas que tocan el hielo sobre el que camino cada día. Sé que es una locura, pero no puedo evitar agacharme junto a la orilla, quitarme los guantes y rozar con las yemas el gélido mar. Mis dedos se entumecen, comienzan a cosquillearme y sé que si continúan sumergidos unos segundos más acabaran congelándose, pero no quiero sacarlos. Imagino que son tus labios los que los acarician, y tu lengua la que los humedece y aunque el frío penetra en mi cuerpo es ardiente calor lo que siento.

Estar tan lejos de ti es lo más difícil y estúpido que he hecho en mi vida.

Espero que puedas perdonarme por ello.

10 de septiembre de 2010

No serías capaz de reconocerme si me vieras.

El trabajo al aire libre me ha quemado la cara, no demasiado, no te asustes. Ya no soy el tipo pálido y debilucho de antaño. Tengo la nariz y las mejillas tan rojas y cortadas que parece que se me van a abrir de un momento a otro. ¿Sabías que el hielo refleja el ochenta por ciento de los rayos del sol? No me da tiempo a ponerme moreno cuando empiezo a pelarme y vuelvo a quemarme.

¿Ya ha llegado el otoño a España? Aquí está comenzando el invierno. Seguimos en alta mar, pero Enrique me ha avisado de que pronto regresaremos a casa. Quizá nos veamos antes de lo esperado.

Recalaremos en Nueva Âlesund dentro de un par de días y por fin podré volver a tener contacto con el resto del mundo. He estado pensando en mandarte estos folios, pero no me atrevo. Creo que volveré a enviarte una postal. Necesito saber que vas a leerla, y la única manera que se me ocurre de estar seguro es esa.

Desearía poder hablar contigo, recibir noticias tuyas, pero no tengo manera de comunicarme excepto por carta y, aun en el supuesto de que me respondieras, no me quedo en las bases el tiempo necesario para recibirlas.

Fui un idiota al irme. Echo de menos tus caricias, tu sonrisa, tus gestos, tu mal genio. Pero era necesario. Cuando regrese te sentirás orgullosa del hombre en que me he convertido.

Imagino que estarás enfadada por mi silencio y no querrás saber nada de mí. Y aunque pensar eso me hace morir un poco cada día, estoy firmemente decidido a reconquistar tu cariño. Estos meses de soledad me han enseñado a ser paciente y perseverante.

No podrás librarte de mí.

17 de septiembre de 2010
Han surgido imprevistos.
No regresaré a primeros de octubre como esperaba.

Los ciclos biológicos del krill se han alterado debido al cambio climático, por lo que Enrique quiere posponer nuestro regreso hasta que los haya estudiado en profundidad.

Los demás miembros del equipo de investigación no están seguros de que sea conveniente continuar navegando más allá de finales de este mes. El invierno es muy duro en el Ártico, ni nosotros ni el barco estamos debidamente preparados ni aprovisionados para resistirlo y así se lo han hecho saber el capitán y los oficiales de puente. Pero Enrique está empeñado en continuar y él es quien manda, así que nos tocará quedarnos aquí hasta que las ranas críen pelo.

No puedo llegar a expresar con palabras la consternación que siento en estos momentos. La absoluta decepción e indignación que recorren mis venas con cada latido de mi corazón.

Es muy duro albergar la esperanza de volver a España, a casa, a ti, durante dos semanas, y que de buenas a primeras, y sin anestesia, corten de raíz ese anhelo imposible de olvidar.

Estoy frustrado, enfadado, rabioso... Desesperado.

Estoy horadando un camino de ira con cada paso que doy en cubierta, tengo ganas de dar patadas al maldito robot amarillo y sus asquerosos sensores. Desearía lanzar cada trasto de este barco al mar para así quedarnos sin material con el que realizar los estudios y poder volver.

Apenas puedo controlar mi mal genio ante Enrique. Sé que el trabajo que él hace es importante, imprescindible incluso. Pero te echo tanto de menos que creo que me volveré loco si no ponemos pronto rumbo a España.

20 de septiembre de 2010

Necesito controlar mi rabia. No puedo continuar así.

Hace seis meses la diosa Fortuna me brindó una oportunidad única al ponerme sobre la cubierta de este barco. Desde entonces he trabajado duro, me he dejado la piel en cada labor que he efectuado, he realizado trabajos que me han agotado hasta casi desfallecer, he pasado un miedo aterrador caminando casi a ciegas sobre glaciares inestables, he recogido muestras a escasos metros de los osos polares, temiendo a cada segundo que pasaba convertirme en un sabroso aperitivo para ellos. Pero todo esfuerzo da su fruto. Soy la persona en este barco en la que más se apoya Enrique, en la que más confía. Y estoy a punto de tirar este privilegio por la borda por culpa de la frustración que me carcome.

Últimamente no hago más que discutir con él, me dejo llevar por la ira y digo palabras que ni siquiera siento.

Necesito reordenar mis pensamientos, relajarme, y aprender de nuevo a esperar. Pero es duro, muy duro.

Estaba tan seguro de que te vería antes de acabar septiembre, que con cada día que pasa me siento morir.

Es horrible sentir sobre la piel el paso del tiempo cuando la incertidumbre del regreso anhelado ni siquiera se perfila.

27 de septiembre de 2010
El destino se sigue burlando de mí.
Necesito verte, tanto como respirar.
A veces creo que Enrique dará su brazo a torcer y nuestro regreso será inminente. Otras, sin embargo, se muestra obstinado en continuar, y nuestras esperanzas de cambiar de rumbo se esfuman, de la misma manera que se desvanecen en el mar las estelas que dejan las ballenas al sumergirse bajo las olas.

He pasado esta última semana agonizando lentamente cada segundo, anhelando hasta morir la llegada del día que te veré de nuevo. Y cada día que pasa parece más incierto el retorno. No sé si podré soportarlo.

Espérame, no me olvides.

Nuria pasó la página, pero ya no había nada más escrito, ninguna indicación sobre qué podría haber pasado, excepto la nota que llegó junto al cuaderno. Ninguna noticia de cuándo volvería.

Volvió a leer todas y cada una de las anotaciones. Sonrió al ver como poco a poco había ido cambiando la escritura de su amigo, haciéndose más firme en cada trazo, más certera en cada frase. Mostrándole un hombre más seguro de sí mismo. Un hombre que le declaraba su amor en cada palabra escrita.

Fue a la cocina y descolgó el calendario de la pared, marcó cada fecha escrita en el cuaderno e intentó recordar qué había hecho ella ese día en concreto. Comparó sus vivencias y se mordió los labios al percatarse de que Jared estaba viviendo una experiencia única. Una experiencia que, posiblemente, le habría cambiado. Pensó no por primera vez cuándo volvería a verle, si regresaría pronto o no.

La última anotación en el diario la había asustado. Lo imaginaba capeando tremendos temporales, encerrado en una jaula de hielo, aislado y afligido, solo en mitad de la nada sin poder volver a casa, a sus brazos, junto a ella.

QUÉDATE A MI LADO

Sus dedos temblaron sujetando aún las páginas.

Cerró los ojos y lo vio ante ella tal y como lo había visto la primera vez, con los pantalones raídos, el pelo revuelto, la barba de varias semanas, y retorciendo el andrajoso gorro negro entre sus finos dedos. Obligó a su mente a dar un paso adelante en el tiempo, a recordar la última vez que lo tuvo frente a ella.

Estaba sentado en el sofá de su casa. Tenía el torso desnudo, ella misma se había ocupado de deshacerse de la camiseta. Sus párpados entornados no podían ocultar el brillo de sus ojos. Respiraba con agitación, todo su cuerpo temblaba debido al orgasmo que ella le había proporcionado. Era el hombre más hermoso del mundo. Seguía estando muy delgado; las costillas todavía se le marcaban bajo la piel, pero ya no tenía los pómulos tan afilados ni su estómago era tan cóncavo. La mirada perdida que mostraban sus ojos el día que lo conoció había dado paso a una mirada risueña que acompañaba a una sonrisa mágica.

Nuria abrió los ojos y buscó en el cajón de su mesilla la última imagen que tenía de él. Aquella que le mandó estando ya en el barco, esa fotografía que se había aprendido de memoria a fuerza de mirarla una y otra vez. Recorrió con las yemas de los dedos por enésima vez el rostro amado, e intentó imaginar cómo sería en esos momentos.

¿Habría cambiado mucho?

¿Seguiría tan delgado?

¿Su piel estaría tostada por el sol, o seguiría quemándose y pelándose? Sonrió al pensar esto último.

Guardó la fotografía junto al cuaderno y se mordió los labios.

No sabía cuándo lo volvería a ver, pero una cosa tenía clara: cuando regresara, lo primero que haría sería hacerle pagar por cada una de las lágrimas que había derramado por él. Lo segundo, comerle a besos; y lo tercero, cortarle las piernas para que no volviera a escaparse de su lado.

Capítulo 12

Dicen que quien espera desespera.
Pero solo quien espera tiene la oportunidad
de ver hecho realidad lo que tanto anhela.

*E*ra la víspera del día de la Inmaculada Concepción. No había apenas trabajo y Nuria y su abuela ocupaban sus manos y sus mentes en sendas labores de punto de cruz. Estaban sentadas en silencio, tras el mostrador, con los ojos fijos en las puntadas lentas y cadenciosas que acompañaban sus pensamientos. Únicamente la corriente de aire frío que se coló por la puerta al ser abierta las alertó de que acababa de entrar un cliente.

Uno muy silencioso.

—Buenos días —saludó Nuria con educación dejando la labor en un cajón y levantándose para atenderle.

—Hola, Nur —la acarició una voz conocida.

Dolores se levantó de un salto de su silla mientras Nuria miraba al hombre paralizada.

Jared estaba ante ella, erguido en la entrada de la tienda, con un enorme petate fuertemente aferrado en una de sus manos, mientras mantenía la otra cerrada en un puño y pegada al costado. La miraba como si no supiera si acercarse a ella y devorarla, o dar media vuelta y salir corriendo.

Nuria se acercó despacio hasta él, observándolo con los ojos entrecerrados, intentando dilucidar si era un sueño o si él estaba allí en realidad, con ella.

Su amigo había cambiado mucho, muchísimo. Su rostro lucía moreno excepto alrededor de los ojos, donde la piel estaba pálida, como si hubiera estado todo el día abrasándose bajo el sol con unas enormes gafas de nieve puestas. En la comisura de sus labios y el perfil de sus ojos se marcaban arrugas que antes no estaban, su cuello era más grueso y sus hombros eran más anchos, o quizá fuera la postura segura y erguida que había adoptado. Los pantalones vaqueros se ajustaban a sus piernas, marcando músculos que antes no tenía. Observó sus fuertes manos, percatándose de que sus dedos finos y delgados ahora eran morenos y callosos. Se fijó en los cortes que decoraban la piel del dorso, los nudillos agrietados por el frío y las yemas oscurecidas, casi amoratadas.

Jared mantuvo la mirada fija sobre la muchacha. Estaba más delgada, pero su rostro seguía siendo igual de hermoso que hacía medio año, cuando él, como un estúpido, se alejó de ella. Sus ojos pardos eran igual de profundos y luminosos, sus labios igual de gruesos y sensuales. Todo su cuerpo clamó ante la necesidad de tocarla, de sentirla contra su piel. Alzó la mano lentamente, temiendo angustiado que ella rechazara su caricia.

Nuria reaccionó por fin.

Le dio un fuerte manotazo, impidiendo que la tocara.

Jared cerró los ojos, herido. Había imaginado que ella lo rechazaría, pero en el fondo de su corazón esperaba que lo hubiera perdonado. Ya veía que no era así.

—¡No te atrevas a tocarme! —siseó Nuria enfadada. Tras ella, Dolores permaneció inmóvil, no queriendo interrumpir aquel reencuentro.

Jared dio un paso atrás, resuelto a escuchar y aceptar sus recriminaciones, e igualmente decidido a conquistarla de nuevo si era preciso. Esta vez no pensaba huir ni mucho menos cejar en su empeño. Seis meses de soledad eran mucho tiempo para pensar y él tenía sus sentimientos muy claros.

—Ah, no. ¡Ni se te ocurra volver a marcharte! —exclamó Nuria entendiendo mal su gesto—. Si sales por esa puerta te juro que te seguiré y te cortaré las piernas —amenazó—. Vas a escuchar todo lo que tengo que decirte aunque para ello tenga que atarte a la silla —le advirtió furiosa.

Jared asintió con la cabeza, esperando y anhelando los gritos que sabía vendrían a continuación. Necesitaba escuchar su voz y le daba lo mismo si era para gritarle enfadada o susurrarle enamorada.

Pero no fue solo su voz lo que escuchó.

—¡Estúpido! ¡Idiota! —exclamó Nuria marcando cada palabra con un sonoro bofetón—. ¡Mentiroso! ¡Cobarde! —gritó con rabia posando las manos sobre sus recios hombros y empujándole con fuerza—. ¿Cómo te atreves a presentarte tan tranquilo, como si no hubieras estado fuera meses y meses? ¿Tienes la más remota idea del miedo que he pasado? ¿De las cosas tan horribles que se me han pasado por la cabeza al ver que no regresabas, sin saber nada de ti? ¿No podías haberme escrito más a menudo, haber llamado?

—No tenía manera de comunicarme contigo —se aventuró a explicarle Jared. Ella no pudo resistirlo; le volvió a golpear en la cara, pero esta vez fue más una caricia que un guantazo.

—¡Y a mí qué narices me importa eso! ¡No es culpa mía si te largas como un imbécil al fin del mundo! —replicó Nuria incapaz de razonar—. No podías haberte ido a… Bilbao, Londres, Berlín… o incluso a China. ¡No! ¡El señor tenía que largarse lejos de la civilización y tener así la excusa perfecta para no hablar conmigo! ¡Pues ahora me vas a escuchar te guste o no! —Él agachó la cabeza sin saber qué decir—. Ah, no. No se te ocurra dejar de mirarme —ordenó ella posando las palmas de las manos sobre los morenos pómulos del hombre—. ¡Si vuelves a intentar alejarte de mí, te juro que…! —exclamó enfadada—. No vuelvas a hacerlo —susurró de repente, fijando en él sus ojos brillantes—. No vuelvas a marcharte sin decir nada… no vuelvas a dejarme sola —suplicó abrazándole y besándole impetuosa mientras las lágrimas que llevaba conteniendo desde que lo viera de pie frente a ella comenzaban a fluir incontrolables por sus mejillas.

Jared no pudo hacer otra cosa que corresponder a su beso y abrazarla como si le fuera la vida en ello. Y así era.

Olvidó que estaban en un lugar público, que una anciana

los observaba atenta y sin perderse detalle, que llevaba puesta la misma ropa desde hacía más de veinticuatro horas y que la incipiente barba podría arañar la suave piel de su amada. Olvidó el miedo a perderla, el pesar de saber que la había herido con su huida, la decisión de arrodillarse a sus pies y suplicarle perdón.

Lo olvidó todo, hasta que un fuerte carraspeo tras ellos les hizo separarse.

—Los jóvenes no aprenderéis nunca —fingió regañarles Dolores. Jared la miró entre avergonzado y decidido, y ella a cambio le sonrió—. Puede que no sea tan guapa como mi nieta, pero igualmente quiero mi beso —comentó riendo—. ¡Ven aquí de una vez y dame un abrazo!

Jared se plantó en dos zancadas junto a Dolores y la envolvió en un abrazo de oso levantándola del suelo y girando sobre sí mismo. Y en ese momento, se percató de que la anciana en realidad era muy chiquitina; apenas pesaba cuarenta kilos y no le llegaba a los hombros. Siempre la había visto como una mujer imponente y en realidad era un ángel diminuto de mejillas sonrosadas y pelo blanco.

—¡Bájame, bruto, que me estoy mareando! —exclamó ella entre risas.

Jared obedeció al momento, depositándola sobre el suelo y dándole un cariñoso beso en la frente. Luego se colocó junto a Nuria y tomó una de sus manos con la suya. Ella se soltó cruzándose de brazos y mirándole enfadada.

—No te creas que se me ha pasado el enfado, aún tienes que pagar por todo lo que me has hecho pasar —advirtió.

—Cuando quieras. Como quieras. Donde quieras —susurró él contra su oído asiéndole la mano de nuevo. No había pasado los últimos seis meses perdido en el Ártico para volver a cometer los mismos errores. A partir de ese instante todo lo que deseaba lo iba a obtener, y en ese momento quería sentir la piel de Nuria tocando la suya.

Ella le miró sorprendida por su respuesta. Era la primera vez que él hacía algo así. Parecía que no solo había cambiado físicamente durante su separación.

—¡Basta ya de ceños fruncidos! —exclamó Dolores mirando a su nieta—. Cuéntanos qué has hecho durante todo este tiempo.

—Tengo una idea mejor. Es casi la hora de cerrar, vamos a buscar a Sonia, Anny y Román y os invito a comer en el Soberano —propuso Jared con una enorme sonrisa en los labios.

—No hace falta, Jared —rechazó la anciana. El muchacho no se había pasado medio año perdido de la mano de Dios para al regresar tirar el dinero como si le sobrase.

—Es un capricho que tengo —insistió apretando la mano de Nuria. Feliz de sentir su contacto de nuevo.

—Si tiene antojo, déjale, mujer, que no se va a arruinar —comentó una voz acompañada por un sonoro ladrido desde la puerta.

Jared se dio la vuelta, soltó una estentórea carcajada y abrazó impetuoso al peluquero mientras su enorme perro ladraba eufórico a su alrededor.

—Bueno, bueno, guárdate las efusiones para tu novia que me vas a romper alguna vértebra —se quejó Román sin soltar al joven.

—¡Dios! No sabes cuánto he echado de menos nuestros desayunos —comentó Jared guiñándole un ojo—. ¡Me tienes que poner al día!

—Tú sí que nos tienes que poner al día a nosotros —replicó Román dándole un coscorrón—. ¿Cuándo has llegado?

—Ayer a mediodía.

—¿Ayer? ¡Y no has venido a vernos hasta ahora mismo! —exclamó Nuria ofendida.

—A Vigo, llegué a Vigo a mediodía —se apresuró a explicar Jared asiéndole ambas manos para besarle las muñecas—. En cuanto desembarqué busqué un vuelo a Madrid, pero desde allí no salía ninguno; tuve que viajar en autobús hasta Santiago de Compostela y, una vez allí, esperar hasta la madrugada para coger el primer avión con asientos libres. He llegado a Barajas hace menos de dos horas.

—¡Madre mía, estarás agotado, chaval! —exclamó Román asombrado por la fortaleza de la juventud.

—¡Jared! —exclamó estupefacta Anny desde la puerta—. ¿Cuándo has llegado? Me acaba de decir el dueño de los frutos secos que Nuria se estaba besando con un hombre en la mercería, ¡delante de Dolores! He venido a ver qué narices pasaba. Y resulta que ¡eres tú! No me lo puedo creer —comentó eufórica.

—Ah, da gusto comprobar que radio barrio sigue funcionando a la perfección —dijo orgulloso Román a la vez que el timbre del teléfono comenzaba a sonar—. A mí me ha avisado la chica de la droguería —explicó.

Jared se acercó con intención de abrazar a Anny, pero esta recuperó su carácter huraño y dio un paso hacia atrás mirándolo enfurruñada.

—Tú y yo tenemos que hablar —dijo apuntándolo con el dedo—. Me tienes que explicar en qué narices estabas pensando cuando te largaste al Polo Norte a ver pingüinos.

—No hay pingüinos en el Polo Norte —replicó Jared divertido.

—¿Qué?

—Los pingüinos están en el Polo Sur, en el Ártico hay osos polares.

—Pero qué listo es mi niño. Vamos, para darle una buena patada en los cojones y esperar a ver cómo lo analiza —le espetó Anny irónica acercándose a Nuria. ¿Desde cuándo Jared decía más de dos palabras en una frase?

—Sí, Sonia. Es Jared, ha vuelto. Cierra la tintorería y vente con nosotros a comer al Soberano —escucharon claramente la voz de Dolores hablando con su amiga por teléfono.

—Nur, ¿cómo estás tú? —Anny aprovechó que estaban todos pendientes de Dolores para preguntar a su amiga en voz baja.

—Bien, creo que bien; bueno, no lo sé. Quiero llorar, pegarle, besarle, cortarle las piernas y abrazarle. Todo a la vez —susurró Nuria a su amiga.

—Si me permitís opinar, prefiero los besos y abrazos antes que los daños físicos. Pero si es necesario para que te sientas bien, me pongo a tu entera disposición. Aunque espero sinceramente que eso de cortarme las piernas sea una amenaza vana y no un deseo real —manifestó Jared interrumpiendo la conversación entre las dos amigas.

—¿Pero qué narices le ha pasado? ¡Si hasta es capaz de decir más de dos frases! —exclamó Anny medio en broma, medio en serio. El Jared que ella conocía no se hubiera atrevido a decir tantas palabras seguidas, mucho menos a interrumpir o escuchar una conversación privada.

—Imagino que, después de pasar medio año escuchando hablar a científicos, algo se me ha pegado —comentó Jared riendo con ganas.

—A ver que yo me aclare —dijo Sonia desde la entrada de la tienda. Estaba sofocada, como si hubiera ido corriendo desde la tintorería—. ¿Me estás diciendo que Jared ha vuelto y que Nuria lo ha besado? ¡Pero bueno! Primero tenías que haberle dado un buen par de bofetadas por desaparecer tantos meses.

—Eso ha sido lo primero que ha hecho —afirmó Jared acercándose a ella y dándole un efusivo beso en cada mejilla.

Luego dio un paso atrás y los miró a todos, grabándose sus rostros en la mente. Ellos eran sus amigos, su familia.

Por fin estaba en casa.

Capítulo 13

No hay nada más etéreo que la esperanza.
La esperanza nos otorga la capacidad de soñar, nos permite creer
que nuestras fantasías pueden llegar a realizarse,
y, cuando esto por fin sucede —si es que sucede—,
se esfuma dejándonos a solas con la cruda realidad.
Y es entonces cuando lo que más anhelamos se
convierte en verdad, cuando nos damos cuenta
de que, si queremos mantener el sueño vivo,
tenemos que agarrarlo con las dos manos y
no soltarlo nunca. Cueste lo que cueste.

*H*abían pasado tres horas desde el regreso de Jared.

Los seis amigos continuaban en el restaurante, sentados a una mesa ocupada por varias tazas de café vacías y rodeados muy indiscretamente de la mayoría de los dueños de los negocios del barrio, amén de algunas vecinas y vecinos que, por casualidades nada casuales de la vida, habían decidido bajar al Soberano a tomar un café sazonado de buenas noticias.

Jared había sido interrogado hasta casi el agotamiento. Todas sus vivencias de los últimos meses expuestas sobre el tapete y diseccionadas por las preguntas hábiles de Román, las incisas de Dolores, las financieras de Sonia y las atrevidas e irónicas de Anny. Solo Nuria había permanecido en silencio. Escuchando asombrada todo lo que él había experimentado, las pruebas por las que había pasado, los cambios que se habían forjado en su carácter antaño introvertido, taciturno e inseguro.

Ya no era el mismo, y a la vez sí lo era. No evitaba las conversaciones, ni se retraía ante las preguntas. Manifestaba una enorme seguridad en sí mismo y se mostraba orgulloso de todo lo que había hecho. Y de la persona en que se había convertido. Por eso, Nuria se estaba dando cuenta de que, si antes se había creído enamorada de él, lo que ahora sentía iba más allá del amor. Estaba cautivada, embelesada y rendida a él. No deseaba otra cosa que compartir el resto de su vida con la persona en que Jared se había convertido.

—¿Qué vas a hacer ahora? —preguntó Sonia de repente, poniendo voz a los pensamientos de todos los integrantes de la mesa (y de parte del restaurante, aunque quisieran disimularlo).

—Buscar un hotel, ducharme y dormir un poco —contestó él divertido.

Lo cierto era que estaba agotado, pero no quería irse todavía. Alejarse de las personas que tanto significaban en su vida, aunque fuera por unas pocas horas, se le antojaba más duro que caminar sobre un glaciar en plena tormenta.

—No me refiero a eso, tonto —replicó la tintorera divertida—. ¿Qué vas a hacer con tu vida ahora? ¿Tienes alguna perspectiva de trabajo?

—¿Necesitas ayuda con las alfombras? —preguntó Jared riéndose.

—¡Pero bueno! ¿Qué mosca le ha picado a este muchacho? ¿Te han dado lengua para comer en el barco? Porque, si no, no me lo explico —respondió asombrada.

Todos asintieron, encantados con la nueva personalidad del muchacho. Todos menos Román, que sabía perfectamente que no había cambiado tanto como pensaban los demás. Él había tenido oportunidad de hablar ampliamente con el chico durante sus —eternos— desayunos, y Jared, una vez hubo confiado en él, se había revelado un hombre extrovertido y divertido, tal y como se mostraba ahora.

—Me han ofrecido un par de trabajos. Tengo que pensar detenidamente qué quiero hacer exactamente y, cuando lo tenga claro, elegir —comentó Jared, serio de nuevo.

—¿Aquí en Madrid o fuera? —preguntó Dolores observándole con atención. El resto de los comensales esperaron en silencio su respuesta.

—Bueno... —Jared apoyó los codos en la mesa, aferró su taza de café y centró su mirada en el tibio y oscuro líquido. Cuando continuó hablando lo hizo en voz baja, ensimismado—. Enrique Ramos, el investigador jefe de esta expedición, ha quedado muy contento con mi trabajo. Me ha recomendado a algunos de sus colegas, y uno de ellos me ha ofrecido un puesto de ayudante de cocina y chico para todo en la Campaña Oceanográfica Malaspina. —Todos escucharon claramente el jadeo de Nuria. Jared no levantó la mirada de la taza y continuó hablando—. Partiría a mediados de diciembre desde Cádiz, en el buque *Hespérides*, y estaría fuera siete u ocho meses. Bajaríamos por el Atlántico a Ciudad del Cabo, Sidney y Nueva Zelanda y desde allí atravesaríamos el Pacífico hasta Hawái, para luego cruzar el Canal de Panamá, hacer escala en Cartagena de Indias y regresar a casa. Mi trabajo consistiría, en principio, en ayudar en la cocina y en la cubierta en caso de ser necesario. Más o menos lo que he hecho hasta ahora, pero a mayor escala y con un clima más agradable —bromeó.

—¿Y el otro trabajo? —preguntó Nuria con voz ahogada. Jared levantó la cabeza y fijó su mirada en ella—. Has dicho que te habían ofrecido otro trabajo. ¿Dónde? —Carraspeó para aclararse la garganta, intentando de esta manera dar un poco de fuerza a su voz, pero sin conseguirlo—. ¿Dónde trabajarías, también en un barco?

—No. La otra propuesta es aquí, en el Instituto Oceanográfico de Madrid, de pinche en la cocina de la cafetería.

—Hum, no creo que sea fácil entrar ahí —comentó Sonia mordiéndose los labios. Que ella supiera, en las instituciones públicas el proceso de selección era, cuanto menos, complicado.

—Enrique Ramos trabaja allí cuando no está en el mar. Ha sido él quien me ha ofrecido el puesto —explicó Jared—. Dice que, si los altos cargos políticos pueden meter a dedo a los inútiles de sus consejeros, él puede hacer lo mismo con quien le parezca —comentó risueño al acordarse de la última conversación con su jefe—. De hecho está empeñado en que acepte su oferta y me ha asegurado que no tardaré mucho en dejar la cocina y entrar a formar parte de su servicio exclusivo. —Acarició el borde de la taza con las yemas de los dedos, pensativo—. Creo que quiere tenerme cerca para poder llevarme a dar un paseo cuando le apetezca y hablarme de sus teorías. —Se encogió de hombros divertido—. Está firmemente convencido de que soy una especie de inspiración que le aclara la mente.

—¿Y de sueldo qué tal? —preguntó Sonia, que era comerciante hasta la médula.

—Bueno, en el *Hespérides* el sueldo sería mucho mayor que en Madrid. Pero es lógico, al fin y al cabo, estaría lejos de España más de medio año, y eso se paga. Además, tampoco tendría gastos de alojamiento ni comida.

—Bueno —dijo Dolores interrumpiendo la conversación al ver la cara pálida de su nieta—, no sé vosotros, pero yo tengo un negocio que atender, y hace ya unos minutos que la tienda debería estar abierta.

Como si de una orden se tratara, se levantaron todos a una, dispuestos a dar comienzo al tramo final de su jornada.

Jared abrió su enorme macuto, sacó una cartera tan brillante que a ninguno les cupo la menor duda de que era recién comprada y se acercó a la barra a pagar.

Ninguna de las personas que estaban en el restaurante habían visto, ni volverían a ver jamás, a alguien abonar una cuenta con tanto orgullo y satisfacción reflejados en sus rasgos ni con una sonrisa tan sincera y digna.

—Bueno, bueno, muchacho, vamos a la peluquería y te invito a un café —instó Román dándole una palmada en la espalda.

—¿Otro? Me va a dar un telele como tome más cafeína —bromeó—. No, gracias. Voy a ver si encuentro un hotel, dejo la mochila, me pego una buena ducha y duermo un rato. Estoy que me caigo —manifestó Jared rechazando la invitación. Las profundas ojeras que lucía su rostro eran el mudo testigo de que no mentía—. Mañana me paso a desayunar contigo y con *Scooby* —propuso guiñándole un ojo. Román asintió satisfe-

QUÉDATE A MI LADO

cho. A la mañana siguiente le pondría al día con todas las novedades del barrio.

—Te acompaño —se ofreció Nuria interrumpiendo la conversación entre los dos hombres—. Abuela, no me esperes despierta —susurró al oído de Dolores. La abuela abrió mucho los ojos y la boca para oponerse, pero, al ver la mirada decidida de su nieta, optó por callarse. Al fin y al cabo Nuria ya era mayorcita y sabía lo que quería. Y mucho se temía que estaba a punto de tirarse al río de cabeza para conseguirlo.

Jared asintió en silencio al observar el intercambio de miradas entre nieta y abuela. Deseaba con toda su alma estar con Nuria a solas, y Dolores parecía haber dado su consentimiento. Cogió su petate, asió la mano de la muchacha y se despidió de sus amigos con un gesto de cabeza. Una vez en la calle, llamó al primer taxi que pasó por su lado y le indicó que le llevara al hotel más cercano.

—Tengo la firme intención de alquilar un piso durante el tiempo que esté en Madrid, pero sinceramente hoy no me siento con fuerzas para ponerme a buscar —explicó.

Nuria asintió en silencio sin atreverse a mirarlo. El corazón le había dado un vuelco al escuchar la última frase. Implicaba que no pensaba pasar mucho tiempo en la capital, con ella. Que se marcharía de nuevo. Sintió ganas de llorar y, también de matarle.

Lenta, muy lentamente. Y con alevosía.

El trayecto al hotel fue muy corto y silencioso.

Jared había recuperado de golpe la timidez que lo caracterizaba cuando estaba con Nuria, y ella estaba demasiado enfadada y disgustada como para hablar y actuar con coherencia. Por tanto, ante los posibles daños físicos que podría infligirle si no conseguía tranquilizarse, había optado por respirar profundamente, pensar las cosas con calma, y mantener las manos fuertemente apretadas sobre el bolso. Solo por si todo lo anterior no funcionaba.

—Bueno... —comenzó a hablar Jared sin saber bien qué

decir. Acababan de entrar en la habitación del hotel, estaban solos, con una enorme y cómoda cama frente a ellos. Y su cuerpo estaba reaccionando como el de un hombre alejado del amor de su vida durante demasiado tiempo—. Voy a... —Inspiró con fuerza. No sabía qué intenciones tenía Nuria al acompañarlo, pero sí sabía las intenciones que tenía su cuerpo, y no eran nada decentes—. Voy a darme una ducha, apesto. Llevo dos días de viaje con la misma ropa, y me estoy dando asco a mí mismo —comentó agachándose para abrir el petate, sacar una muda limpia y, de paso, disimular la erección que se marcaba descarada en sus pantalones—. Ahora salgo, ponte cómoda —dijo ocultándose la ingle tras las prendas limpias. Luego abrió mucho los ojos al darse cuenta de cómo había sonado la última frase—. No me malinterpretes —avisó colorado como un tomate. Su cerebro le estaba jugando malas pasadas.

—Tranquilo, no te malinterpretaré —replicó ella burlona.

Una vez bajo el chorro de agua caliente, Jared intentó ordenar sus caóticos pensamientos. Sabía lo que quería, pero no sabía qué pasos dar para conseguirlo.

Quería a Nuria en su vida. Para siempre. Y el recibimiento que ella le había dado le hacía pensar que el sentimiento era recíproco. Ahora estaba en la habitación, esperándole. ¿Qué tendría en mente? ¿Hablar? ¿Discutir? ¿Amarle?

Los pensamientos de Jared volaban una y otra vez en esa dirección: Nuria desnuda en la cama, haciendo el amor con él, besándole, acariciándole, dejándose acariciar y besar... Pero no, no era posible; negaba una y otra vez con la cabeza, lanzando las gotas de agua que impregnaban su cabello contra los blancos azulejos. Nuria estaría enfadada, querría explicaciones, disculpas... No importaba. Si era necesario se postraría a sus pies y suplicaría perdón, y después lamería cada centímetro de su femenino y voluptuoso cuerpo hasta llegar a sus sensuales labios.

Cerró los ojos enfadado consigo mismo por no ser capaz de templar sus emociones. No podía dejarse llevar por la lujuria. Tenía que convencerla de algo mucho más importante que hacer el amor en esos momentos.

Observó disgustado su pene erecto y cerró el grifo del

agua caliente, dejando que solo el agua fría golpeara su cuerpo, esperando de esa manera calmarse.

Lo consiguió.

Se apresuró a lavarse antes de congelarse bajo la ducha y salió casi temblando del pequeño cubículo. Se envolvió con una toalla alrededor de la cintura y se miró al espejo para peinarse. Un gemido escapó de sus labios: parecía un ogro. Se había olvidado por completo de afeitarse desde que desembarcó y una rasposa barba de dos días cubría sus mejillas. No podía pensar siquiera en besarla con ese aspecto. Sin pensar en lo que hacía, salió del baño en busca de la espuma y la navaja de afeitar que solucionarían el problema.

Se quedó petrificado en mitad de la habitación.

Nuria estaba tumbada en la cama, descalza, vestida únicamente con los pantalones vaqueros y el sujetador. Se levantó lentamente, se acercó con pasos felinos hasta quedar a pocos centímetros de él y le miró a los ojos, decidida.

—¿Qué vas a hacer? —le preguntó.

—Afeitarme —respondió Jared incapaz de pensar. Toda su sangre se encontraba concentrada en su pene, dejando el cerebro sin riego ni raciocinio.

—No te hagas el tonto —le regañó ella.

Jared tosió para aclararse la garganta, y de paso obtener algo de tiempo para pensar a qué se podía referir con la pregunta. Miró hacia abajo pensativo; su pene se alzaba audaz, levantando la pequeña toalla e intentando escapar para tocar a la mujer que se mantenía erguida frente a él. Parpadeó y miró al frente, intentando, con escaso éxito, disimular que no pasaba nada en la zona media de su cuerpo.

—¿Cuál de los dos trabajos vas a aceptar? —cuestionó de nuevo ella ampliando su pregunta.

—Depende de ti —afirmó él observando con atención la reacción de la mujer—. Te quiero. —Soltó a bocajarro—. Deseo pasar el resto de mi vida junto a ti. Y nada va a impedirlo —sentenció con absoluta seguridad.

Un gemido involuntario escapó de los labios entrecerrados de Nuria.

Jared tragó saliva con dificultad, tenía un enorme nudo en la garganta. Quizá se había precipitado al decírselo. ¡Diablos! ¿Cómo podía haberse declarado con esas pintas? Ni siquiera estaba vestido. ¿Qué pensaría Nuria de él? Sacudió la cabeza y apretó los labios. Lo hecho hecho estaba. No iba a dar marcha atrás. Ni loco.

Nuria se merecía la verdad. Su futuro dependía de que él fuera firme y expresara con claridad lo que quería. Y lo que estaba dispuesto a hacer para conseguirlo.

—He pensado mucho en las opciones que tengo —dijo mirándola fijamente a los ojos—. Si acepto embarcarme, estaremos separados un tiempo, pero, cuando vuelva, habré conseguido dinero suficiente para pagar la entrada de un piso modesto y, si me salen las cosas como pienso, probablemente me propongan participar en más expediciones. Si es así, conseguiría ahorrar más dinero para nosotros, pero, solo con pensar que estaré alejado de ti otra vez, la sangre se me hiela en las venas y mi corazón se detiene. Por otro lado —comentó alzando las manos y acariciándole las mejillas—, si acepto el trabajo en Madrid, ganaré mucho menos, nos costará más esfuerzo y tiempo comprar un piso, pero estaré contigo. Podré verte, acariciarte, besarte y permanecer a tu lado todos los días. Todos mis instintos me gritan que me quede aquí... pero tú tienes la última palabra —sentenció—. Eso sí, decidas lo que decidas, volveré a por ti —advirtió con mirada férrea.

—Quédate a mi lado —susurró Nuria pegándose a él, deslizando las manos sobre su cuerpo hasta tocar la toalla y arrancársela de las caderas, a la vez que juntaba sus labios con los de Jared en un beso apasionado.

Jared se olvidó de todo y se hundió en su ardiente boca. Su lengua recorrió los contornos de sus labios, se adentró entre ellos, acarició los dientes, presionó el paladar y se enzarzó en una lucha con la de Nuria, en la que no habría ganadores ni vencidos.

Entre besos, abrazos y caricias recorrieron los metros que les distanciaban de la cama, tropezaron con ella y acabaron cayendo desmadejados sobre el colchón. Nuria se rio divertida,

QUÉDATE A MI LADO

pero Jared recuperó parte de su sentido común. Se arrodilló ante ella e hizo amago de levantarse. Nuria se lo impidió aferrando con la mano la parte del cuerpo masculino que estaba en total desacuerdo con la idea de dejarla sola en la cama.

Jared gimió al sentir sus dedos presionar el tallo de su pene, y su cabeza cayó sin fuerzas hacia delante. Agarró las sábanas entre sus puños y luchó por recuperar la sensatez de nuevo.

—Debo… afeitarme —susurró sin ningún atisbo de voluntad.

—No digas tonterías —replicó ella deslizando las yemas de los dedos sobre la erección para acabar deteniéndose sobre el glande y presionar la abertura por la que emergían cálidas lágrimas de semen.

—Te rasparé con la barba —avisó con los ojos cerrados, ahíto de placer al sentir que ella hundía la nariz en su cuello y le besaba la clavícula.

—No me importa —declaró Nuria envolviendo el pene erecto con ambas manos y comenzando a masturbarle con rapidez.

Jared exhaló un áspero gruñido, le aferró las muñecas con sus fuertes dedos y empujó su cuerpo contra el de Nuria, tumbándola de espaldas sobre el colchón y sujetándole las manos por encima de la cabeza. Introdujo una de sus rodillas entre las piernas femeninas, abriéndolas, y se colocó entre ellas. Deslizó las manos por los brazos de la joven hasta llegar a las tiras del sujetador, las bajó lentamente y siguió su recorrido hasta llegar a las copas. Dejó resbalar los dedos bajo el encaje, acariciando con los nudillos la sedosa piel de los senos, rozando los pezones, obligándolos a erguirse más todavía ante su contacto.

—Cada noche de estos seis meses he soñado contigo. Tumbado en mi litera me dormía arrullado por tu recuerdo —susurró sin dejar de acariciarla—. Cada vez que cerraba los ojos te veía ante mí. Semidesnuda, como la última vez que nos vimos. Cada vez que respiraba sentía tus manos sobre mí, y las mías sobre ti. Los sueños eran tan vívidos que dolían. Me despertaba jadeante en mitad de la claridad absurda de las noches del Ártico. Abría los ojos y tú no estabas —afirmó presionando su erección contra la zona más sensible del cuerpo de la muchacha—. Sentía en cada trozo de mi piel tus caricias, notaba tus dedos sobre mí, recorriendo mi cuerpo como aquella última vez. Y no podía hacer nada. Nada. Me dolía hasta respirar de tanto como te deseaba. Y no podía tenerte. Ni siquiera podía aliviarme yo mismo.

—¿Por qué? —preguntó Nuria entre gemidos.

Entendía cómo se había sentido él, porque ella se había sentido igual, pero al contrario que Jared, ella sí había encontrado un pobre consuelo con sus propias manos. Había imaginado que él haría lo mismo.

—En mi camarote dormían otros cinco hombres —respondió Jared con voz ronca—. Y todos tenían un oído muy fino —comentó frunciendo el ceño. En más de una ocasión sus compañeros se habían burlado unos de otros por los ruidos nocturnos que se escuchaban en el camarote—. No me hacía especial ilusión convertirme en el blanco de sus bromas —afirmó con una sonrisa en los labios—. Por lo tanto solo podía soñar e imaginar cada una de las cosas que te haría cuando por fin te tuviera a mi lado. ¿Quieres saber cuáles eran?

Nuria asintió con un jadeo, e intentó envolver las caderas del hombre con sus piernas, pero este se apartó de ella apoyándose sobre los codos. La observó con una sonrisa ladina en los labios y agachó la cabeza hasta posar los labios sobre sus voluptuosos pechos. Mordisqueó los pezones por encima de la tela hasta que la escuchó gemir. Unió su pene erecto y dolorido a la ingle cubierta por los vaqueros de la mujer y se balanceó contra ella. Nuria alzó las caderas, pegándose más a él mientras hundía los delicados dedos entre su cabello alborotado y tiraba de él hacia su pecho.

Jared ignoró los tirones que le instaban a dedicarse exclusivamente a los erguidos y sonrojados pezones y bajó lentamente por el vientre de la mujer, deleitándose con su blancura y lamiendo cada peca hasta llegar al tentador ombligo. Jugó con él, pintó su contorno con la lengua y acabó hundiéndola en él.

Nuria volvió a jadear, y tiró del cabello que aún mantenía aferrado entre los dedos a la vez que arqueaba la espalda e intentaba dirigir sus caricias hacia abajo, a su pubis.

Jared aceptó la sugerencia. Descendió con lentitud hasta la cinturilla de los pantalones y desabrochó los botones con deliberada calma.

Nuria exhaló un gruñido frustrado que se convirtió en un gemido de pasión cuando él ancló los dedos a los vaqueros y comenzó a quitárselos lentamente junto con el tanga. Separó las nalgas de la cama para facilitarle la labor y él la recompensó con un volátil beso sobre el monte de Venus, para a continuación seguir deshaciéndose de las molestas prendas con demasiada tranquilidad para las acuciantes necesidades de la mujer.

—Jared, por favor, date prisa —susurró entre gemidos.

—Hace meses que sueño con tenerte así, bajo mi cuerpo, entre mis brazos. He imaginado cada noche cómo sería besar tu piel, sentir tu sabor en mi paladar. No pienso darme prisa —afirmó quitándole por fin los pantalones.

Se arrodilló entre sus muslos y la observó como si quisiera grabarse su imagen en la mente. Y así era.

La respiración acelerada de la muchacha hacía subir y bajar sus pechos a un ritmo trepidante, sus jadeos entrecortados mantenían sus labios abiertos, mientras que sus preciosos párpados luchaban por no cerrarse ante el ataque a sus sentidos.

Jared bajó la cabeza hasta posar sus labios sobre el pubis sedoso, lo besó con ternura y continuó descendiendo hasta llegar al sexo húmedo y dispuesto. Se frotó contra él con la mejilla, suavemente, impregnando en su piel la esencia femenina a la vez que inhalaba con avidez el aroma único y especial de la mujer a la que amaba más que a su vida. Dibujó con las yemas los labios vaginales hasta encontrar el lugar donde el placer se colapsaba, separó con los pulgares los pliegues que lo ocultaban y sopló.

Nuria exhaló un gemido agónico, a la vez que alzaba las caderas, instándole a que volviera a hacerlo.

Él deslizó los labios sobre la piel sedosa hasta llegar al clítoris, lo besó con delicadeza y comenzó a acariciarlo con la lengua en lentas pasadas, desde el borde hasta el perineo, deteniéndose para presionar con insoportable levedad sobre la entrada de la vagina.

Nuria abrió más las piernas y arqueó la espalda a la vez que sus labios dejaban escapar quejidos suplicantes que él ignoró. La lamió sin pausa, absorto por completo en su sabor, hasta que la sintió temblar. En ese momento posó su boca sobre el clítoris anhelante y succionó con fruición a la vez que introducía un dedo en el interior de la mujer.

Nuria gritó cuando el demoledor orgasmo fluyó poderoso por todo su cuerpo.

Jared libó de su vagina hasta quedar saciado, ahíto de placer.

Entonces y solo entonces, se colocó completamente sobre ella y penetró con su impaciente pene el paraíso. Nuria le envolvió las caderas con las piernas a la vez que sus manos se abrazaban a su nuca, obligándole a unirse por completo a ella.

Jared se abandonó a las sensaciones, entró en ella una y otra vez, veloz e impetuoso, incapaz de medir la fuerza de sus embestidas. Gritó extasiado cuando el placer estalló barriendo cada una de sus terminaciones nerviosas. Se derramó en la ardiente vagina y esta en respuesta tembló y comprimió su pene con la fuerza de un nuevo orgasmo.

Apenas tuvo fuerzas para dejarse caer a un lado y liberarla de su peso. La abrazó con los últimos retazos de lucidez mientras luchaba por no dejarse llevar por el cansancio acumulado. Mas no lo consiguió. Su cuerpo, relajado y satisfecho tras tantos meses de agonía, se abandonó al sueño.

Epílogo

Jared miró a su alrededor, confuso. Estaba de nuevo sobre
la playa de hielo, pero no sentía el frío devorando su
cuerpo sino un violento calor que apenas le dejaba
respirar. Caminó hasta la orilla del iceberg y se
tumbó en el borde. Las olas de agua salada
lamieron sus piernas con tórridas caricias.
Qué extraño, pensó desconcertado al sentir un tenue roce recorriendo sus muslos. Se incorporó apoyándose
en los codos y bajó la mirada para observar aturdido
a un diminuto pingüino de poco más de un par de
centímetros de altura caminar tambaleante
sobre su piel. Carraspeó perplejo y la pequeña ave
le picó. Fue un picotazo ligero, casi un mordisco.

—¿Qué…? —Abrió los ojos sobresaltado por el etéreo dolor mezclado con placer que sintió en la ingle.

—Buenas tardes, Bello Durmiente —le saludó la voz de
Nuria.

Bajó la mirada asombrado. Ella estaba entre sus piernas,
con la cabeza apoyada en su cadera y la melena castaña dis-
persa entre las sábanas y sus muslos.

Era la imagen más erótica que había visto en toda su vida.

—¿Qué haces? —preguntó, atontado todavía por el
sueño.

—Intento despertarte —contestó ella volviendo a mor-
derle con cuidado, esta vez en la base del pene.

Jared jadeó completamente excitado. Su pene se alzaba grueso e imponente, suplicando anhelante un poco de atención.

—¿Qué hora es? —preguntó desorientado mirando a su alrededor. Las cortinas de las ventanas estaban corridas y solo la moderna lámpara de la mesilla iluminaba la habitación.

—Casi las nueve de la noche, hora de cenar —apuntó Nuria—, y estoy hambrienta —advirtió un segundo antes de posar su boca sobre el hinchado glande y comenzar a devorarlo.

Jared dejó caer la cabeza de nuevo sobre la almohada y cerró los ojos, rendido ante el placer que ella le proporcionaba.

Nuria deslizó los labios sobre el erecto pene, dibujó con su lengua cada vena marcada en él, raspó suavemente con los dientes la sensible piel del frenillo y por último jugó sobre la abertura de la uretra para a continuación alejarse de ella y acariciarla con la mejilla.

El hombre tembló ante el sutil contacto, su polla se engrosó y creció contra la piel femenina. Ella acunó la erección en la palma de sus manos, la envolvió con sus dedos y comenzó a masturbarle.

Jared aferró con fuerza la sábana entre sus puños cerrados; su respiración se tornó jadeante y errática cuando sintió la húmeda boca de su amada posarse sobre sus testículos, lamerlos y albergarlos en su interior. Gimió cuando ella comenzó a deslizar los labios por el tallo de su pene hasta llegar a la corona. Gritó cuando le rozó con los dientes el glande y a continuación lo introdujo en la boca hasta tocar el paladar. Arqueó las caderas intentando penetrar más profundamente, y ella lo aceptó succionándolo con fuerza, comprimiéndolo en el interior de sus mejillas.

Nuria se perdió en su sabor salado, en el tacto suave de la piel de su falo. Lo acogió hasta que el glande tocó su garganta y… tragó sobre él.

Jared gruñó de placer, todo su cuerpo se tensó a punto de explotar, y en ese momento ella se apartó de él.

—¡Dios! —jadeó el joven, conmocionado por la súbita retirada.

Nuria se colocó a horcajadas sobre él, sin permitir que entrara en ella y sonrió con picardía.

—Cuéntame todos tus sueños, y yo los haré realidad —le sugirió seductora.

Jared fijó su mirada en ella, dejó que asomaran a sus ojos todos sus sueños y anhelos, y pidió lo único que deseaba en el mundo.

—Cásate conmigo.

Nuria parpadeó atónita ante su declaración. Esperaba que le pidiera que cabalgara sobre él, o alguna otra propuesta de índole sexual, pero jamás, ni en sus más secretas fantasías, había imaginado que el mayor deseo de Jared fuera casarse con ella.

—Cásate conmigo —volvió a repetir él dejándole bien claro cuál era su deseo. En su rostro se leía voluntad, esperanza y amor. Un amor único e infinito por ella.

—Deseo concedido —susurró Nuria deslizándose por el cuerpo de Jared hasta que su pene quedo firmemente encajado en ella.

FIN

Nota de la autora

*J*ared no es el típico protagonista de las novelas románticas.

No tiene dinero, no tiene dónde caerse muerto, no tiene nada... excepto una gran dignidad y mucha voluntad de superación.

Jared no es el típico protagonista, no. Él es un príncipe azul vestido con harapos y eso es lo que le hace tan especial.

¿Qué mérito tiene tenerlo todo en la vida; ser guapo, rico e inteligente, y conquistar con estas prebendas el corazón de una dama?

Yo os lo diré: ninguno. No tiene ningún mérito.

Por eso estoy enamorada de Jared. Porque es un verdadero príncipe azul.

Se enfrenta al dragón del infortunio y sale vencedor. Y no solo eso, también conquista a su princesa.

¿Por qué basé este libro en un protagonista tan peculiar?

La primera piedra de esta historia se plantó en mi cerebro hace muchos años, cuando yo era una jovencita alocada de dieciséis años que estudiaba peluquería en una academia cercana a la plaza de España, en Madrid. Llevaba apenas un mes estudiando allí, cuando un buen día entró una mujer de unos cincuenta años empujando un carrito metálico de un centro comercial. Iba vestida con retales, algunas prendas le quedaban enormes y otras muy pequeñas, sus zapatos estaban destrozados.

La mujer era una sin techo y acudía a la academia a lavarse la cabeza y cortarse el pelo.

Recuerdo que mi primer pensamiento fue un rotundo: ¡Mierda!

Yo era, de todas las que estudiábamos allí, la que menos tiempo llevaba y, por tanto, era quien se comía todos los marrones.

Me acerqué a ella con bastantes reparos, y cuál fue mi sorpresa al comprobar que ningún tufo asqueroso llegaba hasta mi nariz. De hecho, la mujer despedía un agradable aroma a limón. Aún estupefacta, la acompañé hasta el lavacabezas y una vez allí la mujer me entregó un pequeño bote que contenía jabón para que le lavase la cabeza. En la academia solo se cobraban los productos, no el trabajo. De esta manera se aseguraba la gratuidad del servicio. Le corté el pelo, muy corto, y apenas hablamos. Y ahí quedó la cosa.

No fue la última vez que la vi.

Un par de meses después, volvió a la academia, y yo me apresuré a atenderla aunque ya había aprendizas más nuevas en las que hubiera podido delegar la tarea. Pero no quise hacerlo. Sentía curiosidad por los motivos que llevaban a una sin techo a entrar en la peluquería y, dicharachera como soy, en cuanto la hube sentado en la butaca, comencé a charlar con ella de temas intranscendentes.

Al principio la mujer me miraba como si yo fuera un bicho raro, pero, al cabo del tiempo, tomó confianza y comenzó a sorprenderme.

Me contó que sisaba el jabón en las cafeterías para poder ducharse en los baños de Embajadores, que a la hora de acudir a los albergues o los comedores de caridad eran mucho mejores los de las monjitas que los públicos, que llevaba siempre el pelo muy corto para evitar los piojos, ya que le daban mucho asco; que uno de los fruteros del mercado de la plaza de la Cebada le daba las frutas que comenzaban a pasarse y que ella utilizaba los limones para impregnar su ropa y su cuerpo con ellos y oler bien, que las parroquias le daban la ropa que llevaba... y mil cosas más.

Ese día «vi» por primera vez a un sin techo. Y entrecomillo «vi» porque antes no los veía, simplemente pasaba frente a ellos como si no existieran. La dignidad de esa señora me hizo tomar conciencia de ellos.

Con el paso de los años he conocido a algunos sin techo, y he aprendido a verlos como realmente son. Por supuesto, hay vagabundos, mendigos, desamparados y desarraigados de la sociedad; gente que se ha perdido en las miserias de la vida, eso no voy a negarlo. Pero hay muchos sin techo con más dignidad que muchas personas con las que he tenido el (dis)gusto de tratar.

Trabajo en un polígono industrial, a un par de calles de una chatarrería. Cada tarde cuando me dirijo a mi trabajo me encuentro con colas interminables frente a la puerta de los chatarreros. Y no son solo furgonetas o camiones, también veo a muchísimos hombres, jóvenes y ancianos, empujando carretillas y carritos de la compra de distintos supermercados, que van a vender lo que han encontrado en los contenedores, ya sea de basura o industriales para escombros. Y sí, a veces, cuando un camión está cruzado en la calle esperando para entrar en alguna nave, me bajo del coche y mientras espero a que quede la vía libre hablo con ellos, y son gente alucinante.

Trabajo en una cristalería, y el cristal nos lo entregan en cajas de madera. Hace cuatro o cinco años, un invierno, se presentó en la puerta de mi nave un hombre con un coche destartalado y nos preguntó si podía llevarse la madera que había en el porche. «Por supuesto —le contestó mi padre—, la madera está ahí para que se la lleve el de la basura. Si usted la quiere, suya es.» El hombre nos pidió entonces que por favor no la tiráramos, que él vendría a recogerla un día a la semana. Así lo hicimos.

Con el tiempo nos contó que era madera de pino (eso ya lo sabíamos) y que usaba una parte para calentarse y la otra parte para tallar esculturas que luego vendía en los mercadillos. Estuvo un par de años viniendo cada jueves a mi nave. No voy a entrar en detalles sobre los temas de los que hablamos, pero baste decir que era un hombrecillo excepcional.

En una ocasión mi padre le comentó que mi abuela tenía problemas para subirse al coche porque era muy alto. Dos días después el hombre se presentó en nuestra nave con un paquete envuelto en papel de periódico. Dijo que era un regalo para mi abuela y se fue corriendo con las mejillas tan rojas como un tomate. Mi padre abrió el paquete extrañado. Era un escalón hecho de madera, lo había tallado con muescas para que mi abuela no se resbalara al pisarlo.

Conozco muchas historias más, muchísimas.

De pequeña vivía en un barrio pequeño donde todos nos conocíamos. Una de mis mejores amigas era la hija de la tintorera. Y sé de buena tinta que su madre ha dado en más de una ocasión ropa olvidada por los clientes a quienes la han necesitado. A buen entendedor pocas palabras bastan.

La última piedra de esta historia se colocó el primer domingo de enero de 2011.

Había quedado con mis amigas en el rastro y llegué bastante antes de la hora. Salí de la estación de Embajadores y observé con atención la fachada de la Casa de Baños. Un hombre vestido con ropas ajadas estaba entrando en ella en ese momento. Hacía un frío que pelaba, y me dije a mi misma: «¡Qué valor tiene!». Acto seguido entré en la Casa de Baños, pagué los cincuenta céntimos que costaba la entrada y comencé a escribir esta historia en mi cabeza.

Noelia Amarillo

Noelia Amarillo nació en Madrid el 31 de octubre de 1972. Creció en Alcorcón (Madrid) y cuando tuvo la oportunidad se mudó a su propia casa, en la que convive en democracia con su marido e hijas y unas cuantas mascotas.

En la actualidad trabaja como secretaria en la empresa familiar, disfruta cada segundo del día de su familia y amigas y, aunque parezca mentira, encuentra tiempo libre para continuar haciendo lo que más le gusta: escribir novela romántica. Es autora de éxitos como *Ardiente verano*, novela ganadora del Premio Rosa 2011, y *Cuando la memoria olvida*.

Otros títulos que te gustarán

ARLETTE GENEVE

Mudaijijan

El amor logrará subsistir y triunfar   doblegando a la ira y el fuego.

TERCIOPELO

MUDAÿÿAN
de Arlette Geneve

1213. Los reinos de Castilla, Navarra, Aragón, León y el al-Ándalus almohade se enfrentan en una lucha abierta. Juan Blasco, joven heredero del condado castellano de Fortún y nieto ilegítimo del rey Sancho de Navarra, se perfila como posible sucesor del reino de Navarra pero eso significaría dejar el condado castellano a su suerte. Con tantas intrigas rodeando a ese niño, será Dulce Álvarez, la mentora de Juan, quien asuma como propia la misión de proteger a su pupilo. Cuando a Adoain Estella, conde de Bearin, se le encarga la delicada misión de secuestrar al joven para llevarle a Navarra, no cuenta con la inoportuna intervención de Dulce. Para él se trata de honor y venganza. Ira y fuego. Sin embargo, el duelo entre ambos por lo que creen justo no puede generar otra cosa que una atracción instantánea y provocar la más fiera de las pasiones.

SOMBRAS DE MEDIANOCHE
de Lara Adrian

———————

Los agrestes y fríos territorios de Alaska han sido inundados por un mar de sangre. Las sombras acechan de nuevo y la ola de asesinatos hace revivir en Alexandra Maguire terribles recuerdos de su pasado. Y de pronto, un extraño oscuro y seductor, con sus propios secretos, aparece en su vida. Enviado desde Boston para investigar estos salvajes ataques, el vampiro Kade tiene sus propios motivos para regresar al helado y olvidado lugar del que procede. Atormentado y avergonzado por algo acontecido hace años, Kade pronto será consciente de la auténtica amenaza a la que se enfrenta, una amenaza que pondrá en peligro el frágil lazo que le une a una valiente y decidida mujer que despierta en él profundas pasiones y primitivas necesidades. Ninguno de los dos está preparado para lo que les espera. Kade se ve obligado a arrastrar a Alex hasta un mundo plagado de sangre y oscuridad, en el que ambos deberán enfrentarse a sus propios demonios para mantener lo que de verdad les importa y los une.

———————

Catherine
ANDERSON

Amor
comanche

TERCIOPELO

AMOR COMANCHE
de Catherine Anderson

———————

Dividida entre el mundo de los hombres blancos y el mundo comanche de sus padres, Índigo Lobo ha crecido separada de las gentes del pueblo de Tierra de Lobos, Oregón. Nadie comprende su espíritu esquivo… hasta que Jake Rand llega a la ciudad para trabajar como capataz en el rancho de su familia. Pero los verdaderos motivos de Jake son tan secretos como su auténtica identidad y tan personales como la creciente atracción que siente por Índigo.

———————

Quédate a mi lado

SE ACABÓ DE IMPRIMIR

EN VERANO DEL 2012

EN LOS TALLERES GRÁFICOS DE LÍBERDÚPLEX

CRTA. BV-2249, KM 7,4, POL. IND. TORRENTFONDO

SANT LLORENÇ D'HORTONS

(BARCELONA)